D0767460

Dar leis na léirmheastóirí:

"Tá ábhar an leabhair seo conspóideach nua-aoiseach agus thar a bheith feiliúnach don aoisghrúpa … stíl sholéite inchreidte."
An Dr. Gearóid Denvir, Moltóir an Oireachtais

"Ó Laighléis deftly favours creating a dark side of urban life over sledge-hammering the reader with 'Just Say No' messages. The horrors of heroin addiction are revealed within the story itself and, thankfully, the author avoids any preachy commentary."
Educationmatters, *Ireland on Sunday*

"Gafa inhabits the world of well-off middle-class Dublin … with all its urban angst, moral decay, drug addiction, loneliness and teen attitudes and problems."
Patrick Brennan, *Irish Independent*

"Iarracht an-mhacánta é seo ar scríobh faoi cheann de mhórfhadhbanna shochaí an lae inniu … píosa scríbhneoireachta an-fhiúntach."
Máire Nic Mhaoláin, Moltóir an Oireachtais

"It is a riveting story based on every parent's nightmare."
Lorna Siggins, *The Irish Times*

"Ré Ó Laighléis speaks the language of those for whom this will strike a familiar chord. If it makes people stop and think – as it undoubtedly will – it will have achieved more than all the anti-drug promotional campaigns we could ever begin to create."
News Focus, *The Mayo News*

"Ó Laighléis deftly walks that path between the fields of teenage and adult literature, resulting in a book that will have wide appeal for both young and older readers."
Paddy Kehoe, *RTÉ Guide*

"The book pulls no punches and there are no happy endings."
Colin Kerr, *News of the World*

Leis an Údar céanna

Goimh agus scéalta eile (MÓINÍN, 2004)

Bolgchaint agus scéalta eile (MÓINÍN, 2004)

Chagrin (Cló Mhaigh Eo, 1999)

Punk agus scéalta eile (Cló Mhaigh Eo, 1998)

Ecstasy agus scéalta eile (Cló Mhaigh Eo, 1998)

An Taistealaí (Cló Mhaigh Eo, 1998)

Stríocaí ar Thóin Séabra (Coiscéim, 1998)

Cluain Soineantachta (Comhar, 1997)

Aistear Intinne (Coiscéim, 1996)

Sceoin sa Bhoireann (1995)*

Ciorcal Meiteamorfach (1991)*

Heart of Burren Stone (MÓINÍN, 2002)

Shooting from the Lip (Cnuas. & Eag.)
(Comhairle Chontae Mhaigh Eo, 2001)

Hooked (MÓINÍN, 1999)

Terror on the Burren (MÓINÍN, 1998)

Ecstasy and other stories (Ais.)
(Poolbeg, 1996)*

Ecstasy agus sgeulachdan eile (Ais.)
(CLÀR, 2004)

Ecstasy e altri racconti (Ais.)
(MONDADORI, 1998)

* Cearta iomlána na saothar seo fillte ar an údar.

Is as an Naigín i mBaile Átha Cliath do Ré Ó Laighléis. Ghlac sé bunchéim in Ollscoil na hÉireann Gaillimh (1978) agus iarchéimeanna san Oideachas i gColáiste Phádraig agus Boston College, Massachusetts, áit a bhfuil sé cláraithe mar Shaineolaí Comhairleach sa Léitheoireacht. Ba mhúinteoir é i Scoil Iognáid na Gaillimhe idir 1980–92.

Ó 1992 i leith tá cónaí air sa Bhoireann, Co. an Chláir, áit a bhfuil sé i mbun pinn go lánaimseartha. Tá cáil air as a dhrámaí do dhaoine óga agus tá Craobh na hÉireann sa scoildrámaíocht bronnta air sé uair, chomh maith le Duais Chuimhneacháin Aoidh Uí Ruairc a bheith gnóthaithe aige trí uair. *Aistear Intinne* (Coiscéim, 1996) is teideal dá shainsaothar drámaíochta.

Ach, is mar scríbhneoir úrscéalta agus gearrscéalta, idir Ghaeilge agus Bhéarla, is fearr atá aithne ar an Laighléiseach. Tá saothair leis foilsithe i nGaeilge, Béarla agus Fraincis agus go leor dá chuid aistrithe go hIodáilis, Gearmáinis, Gaeilge na hAlban, Danmhairgis agus eile. Scríobhann sé don déagóir agus don léitheoir fásta araon agus tá iliomad duaiseanna Oireachtais gnóthaithe aige sna genres éagsúla. Bronnadh Duais Chreidiúna an Bisto Book of the Year Awards ar shaothair leis faoi dhó. Ghnóthaigh sé NAMLLA Award Mheiriceá Thuaidh i 1995 agus bronnadh an European White Ravens Literary Award air i 1997. Ainmníodh saothair leis dhá uair do Dhuaiseanna Liteartha *The Irish Times*. I 1998 bhronn Uachtarán na hÉireann, Máire Mhic Giolla Íosa gradam An Peann faoi Bhláth air. Ba é Scríbhneoir Cónaitheach Chomhairle Chontae Mhaigh Eo i 1999 agus ceapadh é ina Scríbhneoir Cónaitheach d'Ollscoil na hÉireann, Gaillimh i 2001.

I 1998 ainmníodh an leagan Gaeilge dá úrscéal *Hooked* (MÓINÍN), mar atá *Gafa* (Comhar, 1996) ar Churaclam Sinsearach Thuaisceart na hÉireann agus ar Churaclam na hArdteiste ó dheas.

Tugann an Laighléiseach cuairteanna ar scoileanna faoi Scéim na Scríbhneoirí sna Scoileanna. Bhí sé mar chnuasaitheoir agus eagarthóir ar *Shooting from the Lip* (Comhairle Chontae Mhaigh Eo, 2001), arbh iad déagóirí as scoileanna éagsúla Chontae Mhaigh Eo a scríobh. Tá sparánachtaí sa litríocht bronnta air trí uair ag an gComhairle Ealaíon. Ní ball d'Aosdána é.

I 2004 foilseoidh MÓINÍN an t-úrscéal is déanaí óna pheann, mar atá *The Great Book of the Shapers – A Right Kick-up in the Arts.*

An Chéad Eagrán 1996, Comhar

An tEagrán seo 2004, MÓINÍN
An Dara Cló 2006
An Tríú Cló 2010
An Ceathrú Cló 2011

MÓINÍN, Loch Reasca, Baile Uí Bheacháin, Co. an Chláir, Éire
Ríomhphost: moinin@eircom.net
www.moinin.ie

Bord na Leabhar Gaeilge

Aithníonn MÓINÍN tacaíocht airgid
Bhord na Leabhar Gaeilge.

Tá taifead catalóige i leith an leabhair seo ar fáil
i Leabharlann Náisiúnta na hÉireann agus i leabharlanna
éagsúla Ollscoileanna na hÉireann.

Tá taifead catalóige CIP i leith an leabhair seo ar fáil
i Leabharlann na Breataine.

ISBN 0-9532777-5-5

Arna phriontáil agus cheangal ag Clódóirí Lurgan,
Indreabhán, Co. na Gaillimhe

Leagtha i bPalatino 10.5/14pt

Clóchur le Carole Devaney

Dearadh Clúdaigh le Alanna Corballis

GAFA

Ré Ó Laighléis

1

Leathnaíonn súile Eithne i logaill a cinn nuair a fheiceann sí na giuirléidí atá istigh faoin leaba ag Eoin. Sean-stoca atá ann, a shíleann sí, nuair a tharraingíonn sí amach ar dtús é. Ní hé, go deimhin, go gcuirfeadh sin féin aon iontas uirthi, ná baol air. Tá a fhios ag Dia nach bhfuil insint ar an taithí atá aici ar stocaí bréana an mhic chéanna a aimsiú lá i ndiaidh lae, seachtain i ndiaidh seachtaine thar na blianta. Ach, iontas na n-iontas, é seo. Nuair a osclaíonn sí an t-éadach, a cheapann sí ar dtús a bheith ina shean-stoca, ní thuigeann sí go baileach céard tá ann, dáiríre. Sean-tiúb ruibéir, is cosúil, agus dath donn na meirge air — é scoilteach go maith nuair a dhéanann sí é a shíneadh. Tá cinnte uirthi aon chiall a bhaint as sin ar chor ar bith.

Céard sa diabhal a bheadh á dhéanamh aige lena leithéid, a shíleann sí. Agus an púdar bán seo sa mhála glé plaisteach atá in aon charn leis — is ait léi sin chomh maith. Is aistí fós é, áfach, nach ritheann sé léi iontas ar bith a dhéanamh den spúnóg bheag airgid a bheith ann ná de na strácaí de pháipéar tinsil atá fillte go deismíneach in aon bheart léi.

Ach a bhfuil sa sparáinín beag seamaí — sin é a bhaineann siar aisti, dáiríre. Steallaire beag liath-phlaisteach, a bhfuil 2.5ml greanta go dubh ar an dromchla air. Agus, ar bhealach, cé go mbaineann sin siar aisti ceart go leor, is measa fós é nuair a fheiceann sí cúl an tsaicín bhig páipéir agus séala briste air. Snáthaid! Ardaíonn sí os comhair a súl é — í faiteach amhrasach — ansin casann ina láimh é. Dá mba trína croí féin a thiománfaí í níor bhinbí a dhath í. Snáthaid fhada ghéar a bhfuil truaill ghlé agus stoca gairéadach de dhath an oráiste uirthi. Dá mba dhóithín féin í, ní fhéadfadh sí gan an cás a thuiscint ag an bpointe seo.

Oscailt an dorais thosaigh thíos a chuireann uirthi an fearas a shluaisteáil isteach faoin leaba athuair agus tosaíonn sí ar ghothaí na hoibre a chur uirthi féin arís.

"Haigh, a Mham," a chloiseann sí thíos.

A Mhuire Mháthair, Eoin féin atá ann. Breathnaíonn sí ar an gclog le hais leaba a haonmhic. 3.30pm. Tá sé luath ón scoil.

"Heileo, a Eoin. Tá mé anseo thuas," ar sí, agus deifríonn sí amach as an seomra agus seasann ar léibheann an staighre. Idir chiontacht agus neirbhíseacht i ngleic le chéile a chuireann uirthi í féin a fhógairt. "Tá tú luath, a stóirín," ar sí.

"Tá. Bhí Froggy as láthair inniu. Mar sin, bhí seisiún deiridh an tráthnóna saor againn." Agus Eoin á rá sin, bogann sé leis amach as an seomra suí arís agus tagann go bun an staighre. A Mham thuas, é féin thíos. Breathnaíonn siad ar a chéile agus aithníonn Eoin míshuaimhneas éigin i súile na máthar.

"An tUasal Ó Riagáin, a dúirt mé leat cheana, a Eoin. Tá sé drochbhéasach Froggy a thabhairt air."

"Ó, a Mham, ná bí i do chráiteoir seanfhaiseanta, in ainm dílis Dé. Is múinteoir Fraincise é i ndeireadh an lae! 'S céard eile a thabharfá air, mar sin, ach Froggy?"

"Bhuel, céard faoin Uasal Ó Riagáin, mar a dúirt mé. Níor mhaith leat go dtabharfaí Hitler ar do Dhaid toisc gur múinteoir Gearmáinise é, ar mhaith?"

"Huth, ba chuma liom. Kraut a thugaimidne ar an bhfear s'againne agus is ríchuma leis faoi, is cosúil."

Cuma mhíshásta ar Eithne lena bhfuil á chloisteáil óna mac aici. Cúlú sa cheangal idir í agus Eoin le deireanas toisc praiseach a bheith déanta aige den bhliain scoile atá thart. É anois ag déanamh atriail ar an mbliain chéanna agus, de réir mar a mheasann Eithne é, ní mórán d'iarracht atá á déanamh aige. Ar ndóigh, ní cuidiú ar bith inniu di é go bhfuil aimsiú na ngiuirléidí úd faoin leaba ar a hintinn fós. Í ag breathnú anuas ar a mac ó bharr an staighre agus í mar a bheadh sí ag iarraidh rud éigin a ríomh ina aghaidh — rud beag éigin, b'fhéidir, nár thug sí faoi deara cheana. Go fiú an dímheas seo uaidh i dtaobh na múinteoirí — Kraut agus Froggy, agus a fhios ag Dia féin amháin céard eile a thugann sé ar chuid acu — is léir di anois gur géire ná riamh an nós seo aige. Ach ní hin is measa, mura mbeadh ann ach é — ach ní hea.

"Beidh mé ar ais ar ball," arsa Eoin, agus déanann sé ar an doras.

"Ach, céard faoi do dhinnéar, a Eoin? Tá sé sa —"

"Beidh sé agam ar ball. In éindí le Daid nuair a thagann sé abhaile," agus cuireann plabadh an dorais ina dhiaidh deireadh leis an idirphlé. Seasann Eithne ina dealbh ar léibheann an staighre agus í ag breathnú fós ar an spota inar sheas Eoin roimh imeacht dó. A colainn faoi ghreim éinirt aisteach éigin. Fonn uirthi éalú as a hintinn féin le nach mbeidh uirthi aghaidh a thabhairt ar an bhfírinne. Agus, leis sin, caoineann sí …

* * *

Iad ciúin ag an mbord an oíche sin. Breandán — an t-athair — ag léamh an *Irish Independent* agus corrghreim á bhaint den bpláta aige ó am go chéile. Sinéad taobh lena Daid agus leathshúil aici ar 'Home and Away' 'gus í ag ithe léi. Eoin féin ag tabhairt faoin ngreim go halpach agus an chuma air go bhfuil bunús éigin leis an deifir. Agus Mam — Eithne bhocht — í ag faire orthu uile. Í ina príosún beag féin agus a bhfuil aimsithe faoi leaba Eoin aici tráthnóna ag cur scamaill ar a croí.

"Cén chaoi a raibh cúrsaí scoile inniu, a Eoin?" arsa Breandán.

"Fuist!" arsa Sinéad, agus í ag éileamh ciúnais le go gcloisfí an clár teilifíse.

Breathnaíonn Breandán go géar uirthi. Murach na trí bliana déag a bheith díreach slánaithe aici agus murach gur cailín í, dhéanfadh sé an leathlámh a tharraingt uirthi. Ach gan de rogha aige ach amharc fada bagrach a thabhairt uirthi.

"Ná déan tusa do chuid fuisteáil liomsa, a Mhissy, nó is duitse is measa. An gcloiseann tú mé? An é nach bhfuil sé de chead agam labhairt i mo theach féin, huth?"

Breathnaíonn Sinéad air soicind, 's ansin cromann sí a ceann le teann náire.

"Anois, múch an diabhal bosca sin agus bíodh ruainne éigin béasa agat feasta."

"Ach, a Dhaid —"

"Múch, a dúirt mé, agus ná bíodh a thuilleadh faoi." Agus, an babhta seo, níl aon chur ina choinne.

Sinéad ina suí ag an mbord arís agus pus caillí uirthi. Gan de radharc a thuilleadh aici ar 'Home and Away' ach a bhfuil ina cuimhne aici. An triúr eile ciúin chomh maith agus teannas éigin le brath.

"Anois, a Eoin, cén chaoi a raibh cúrsaí ar scoil inniu?" a fhiafraíonn Breandán athuair.

"Maith go leor."

Borradh na feirge le sonrú ar éadan Bhreandáin arís eile.

"Maith go leor! Céard tá i gceist agat 'maith go leor'? Ní neosann sin a dhath dom. Cén diabhal atá ortsa le deireanas ar chor ar bith nach féidir leat freagra ceart a thabhairt ar rud ar bith?" ar sé, de phléasc, agus deargann sé san aghaidh. Droch-spin ceart air fós i ndiaidh na heachtra le Sinéad.

Ach tá Eoin sách géar ann féin. Tuigeann sé gur fearr gan a thuilleadh oilc a chur ar a Dhaid.

"'Mo leithscéal, a Dhaid. Gnáthlá, is dócha, ach amháin go raibh Fro ..." agus stopann sé soicind nó dhó agus breathnaíonn i dtreo Eithne ... "ach amháin go raibh An tUasal Ó Riagáin as láthair."

"An tUasal Ó Riagáin!" arsa Breandán. "Riagáin, Riagáin! Sin é an múinteoir Matamaitice, an ea?"

"Ní hea, a Dhaid, Fraincis. An Cinnéideach a mhúineann Mata dúinn."

"Ó sea, sea, Ó Riagáin. Sea, is cuimhin liom é, ceart go leor. Fear beag téagartha. Sea, stuimpín de dhuine. Go deimhin, chas mé air ag ceann éigin de na cruinnithe ceardchumainn, más buan mo chuimhne. É ag geabaireacht leis gan srian. Muise, tá's agam é, ceart go leor. Froggy a thugtar air, nach ea?"

Agus leis sin, pléascann Eoin amach ag gáire agus déanann a bhfuil de thae ina bhéal a spré amach.

"A Bhreandáin!" arsa Eithne, agus í ag aireachtáil go bhfuil bunús an tseasaimh a rinne sí tráthnóna i dtaobh easpa cúirtéise Eoin i leith an Uasail Uí Riagáin scuabtha sna ceithre hairde ag a fear céile. Tá Eoin sna trithí ar fad faoi seo, rud a chuireann níos mó fós leis an olc atá ar Eithne.

"Agus maidir leatsa, a bhuachaill," ar sí go lom borb lena mac, "tá na soithí seo le glanadh sula n-imíonn tusa áit ar bith anocht."

"Á, a Mham."

"Glan," ar sí, agus, ach an oiread le cás Shinéid lena hathair, is léir uirthi nach cóir cur ina coinne.

"Déan mar a deir do mháthair leat, a Eoin," arsa Breandán, "agus tig leat an leabhar teileafóin a fháil domsa ar an mbealach tríd an halla duit."

Breathnaíonn Eoin go géar ar Bhreandán soicind. Leathsmaoineamh aige dúshlán an athar a thabhairt ach gan ann ach sin. D'fhéadfadh sé an seanleaid a scrios lena bhfuil ar eolas aige faoi, dá roghnódh sé sin a dhéanamh. Tá a fhios aige sin. Tá a fhios ag Breandán féin é chomh maith. Ach b'fhearr gan sin a dhéanamh ag an bpointe seo. An uile ní ina am cuí féin, a shíleann Eoin dó féin. Ina intinn istigh deireann Eoin eascaine nó dhó agus is leor sin dó mar fhaoiseamh ar an bhfrustrachas. Brúnn sé siar a chathaoir, é ag déanamh cinnte de go scríobann cosa an tsuíocháin go géar in aghaidh chláracha an urláir. Ansin bailíonn sé leis i dtreo na cistine.

2

Spás eatarthu 'gus iad sa leaba an oíche sin — Eithne agus Breandán. É déanach go maith. Solas na gealaí ag drithliú isteach sa seomra trí'n scoilt idir na cuirtíní. Eithne fós ar buile faoi gur lig a fear céile síos í ag an mbord níos luaithe an tráthnóna sin. Ach, mar is gnách di, ní cheadaíonn an easpa cumarsáide di a díomá a fhógairt go hoscailte — díreach mar nárbh fhéidir léi a dhath a rá fós faoina bhfuair sí istigh faoi leaba Eoin. Gan déanta aici ach a droim a chasadh le Breandán agus aghaidh a thabhairt ar fhuaire an bhalla. A hintinn ciaptha fós ag a bhfaca sí i seomra a mic. A fhios aici gurbh fhearr di féin é dá bhféadfadh sí an fhearg atá uirthi le Breandán a chur di agus go bpléifidís ceist Eoin.

Casann Eithne sa leaba, ar deireadh, agus cúbann isteach taobh thiar dá fear céile. Iad anois mar a bheadh dhá spúnóg droim ar bholg ar a chéile. Ise a ghéilleann don teannas agus don bhfearg i gcónaí. Ach, ní dochar ar bith é sin, b'fhéidir. Ní tréith de chuid Bhreandáin é an géilleadh agus tá a fhios ag Eithne go gcaithfidh duine éigin aghaidh a thabhairt ar an bpraiticiúlacht. Leathchodladh maith air féin faoi seo.

"A Bhreandáin," ar sí, de chogar.

"Mmm," ar seisean, agus casann sé ina treo beagáinín beag, ansin tugann cúl arís uirthi.

"A Bhreandáin, tá imní orm."

"Mmm."

"Tá mé buartha faoi Eoin agus faoina bhfuil ar siúl aige,

b'fhéidir."

"Mmm, go maith," arsa Breandán, agus é soiléir d'Eithne nach bhfuil ciall ar bith á déanamh aige dá caint.

"A Bhreandáin," ar sí arís, agus an babhta seo déanann sí é a chroitheadh beagán.

"Ó, in ainm dílis Dé, a Eithne, céard é féin? Nach féidir labhairt faoi seo ar maidin?"

Stangadh bainte as Eithne ag a bhoirbe. Í ina ciúin arís go ceann scaithimhín. A fhios aici gan ró-olc a chur air agus é san eadardhomhan ina bhfuil sé. Ach tuigeann sí chomh maith go gcaithfear an aincheist seo a ríomh. Í díreach ar tí iarracht eile a dhéanamh nuair a chloistear an doras tosaigh thíos á oscailt. Leis sin, ardaíonn Breandán a chloigeann den bpiliúr de phreab.

"Céard é sin?" ar sé, agus casann i dtreo Eithne.

"Eoin, is dócha."

"Eoin!" Agus casann an t-athair ar ais i dtreo an chloig atá taobh leis an leaba. Soicind nó dhó eile agus déanann a shúile ciall de na huimhreacha dearga neonacha ar an ngléas ama. Casann sé ar ais i dtreo Eithne athuair.

"A Chríost sna Flaithis, a Eithne! Fiche cúig tar éis a haon! 'S cá raibh sé go dtí an tráth seo den oíche?" Agus léimeann sé as an leaba agus é á rá sin.

É ina ghirle guairle ceart sa seomra codlata anois. Radann Breandán na cosa isteach ina shlipéirí, beireann greim ar an gcóta oíche, cuireann air an solas agus gabhann leis amach doras an tseomra — é sin uile mar a bheadh aon mhórghluaiseacht amháin ann. Éiríonn Eithne féin anois agus téann a fhad leis an doras, ach beartaíonn gan dul amach ar an léibheann i ndiaidh Bhreandáin. Cúlaíonn sí beagáinín arís agus amharcann tríd an scoilt idir an ursain agus an doras. Scáthanna na beirte amuigh á gcaitheamh go bagrach ar bhallaí an léibhinn ag a bhfuil de sholas á scairdeadh as an seomra codlata — iad á méadú féin ar bháine an dromchla.

"'S cá raibh tusa go dtí seo?" arsa Breandán go grod.

Corraíonn an t-athair rud beag agus é á rá sin agus anois ní féidir le hEithne aon cheo seachas droim a fir chéile a fheiceáil. Bogann sí féin beagán istigh agus, den ala sin, corraíonn Breandán ruainnín beag éigin eile, 's anois tá radharc aici ar Eoin.

"Tá sé gar don leathuair tar éis a haon ar maidin, a bhuachaill. An bhfuil a fhios agat sin?"

Cloigeann Eoin cromtha 's gan a dhath á rá aige.

"Bhuel, cá raibh tú?"

"Amuigh."

"Amuigh!" arsa Breandán, agus goimh sa ghlór aige. "Ná bí glic liomsa, a mhaicín. Nach gceapann tú gur ríléir ar fad dom é go raibh tú amuigh, huth? Nach gceapann? Anois, cá háit ina raibh tú go dtí an tráth seo den mhaidin."

Eithne ag breathnú tríd an scoilt sa doras ar feadh an ama agus, d'ainneoin an leathsholais atá á chaitheamh ar an léibheann, is léir di go bhfuil Eoin neirbhíseach i láthair Bhreandáin.

"Cá háit, a Eoin?"

"I dtigh cara liom."

Ní túisce as a bhéal mar ráiteas é ná tuigeann Eoin nach sásóidh an freagra sin an t-athair ach an oiread. Ní hin amháin é, ach tuigeann sé go mbreathnófar air mar fhreagra atá grod, dána, ró-dhúshlánach ar bhealach éigin.

"I dtigh Chillian Mhic Raghnaill," ar sé go sciobtha, sula mbíonn deis ag an athair leanacht den cheistiúchán.

"Hmm!" arsa Breandán, agus druideann sé níos congaraí don déagóir.

"Cillian Mac Raghnaill!" ar sé, tuin smaointeach ar a ghlór.

"Sea." Neirbhíseacht i nglór Eoin agus an focal aonair sin á rá aige.

Breathnaíonn Breandán é go géar — é ag baint lán na súl as an maicín seo leis. Agus, taobh thiar de dhoras an tseomra chodlata, tá Eithne á mbreathnú beirt agus an croí teann in ard a cliabhraigh.

"An raibh tusa ag ól, a bhuachaill?"

Geiteann croí Eithne sa seomra istigh ar chloisteáil na ceiste seo ag Breandán. Geiteann croí a maicín leis, ach níl a fhios sin ag Eithne. 'S níl a fhios ag Breandán ach an oiread é.

An t-athair níos congaraí fós anois do Eoin agus iarracht chaolchúiseach á déanamh aige ar bholadh anála a fháil ar an stócach.

"Ag ól!" arsa Eoin. An chuma ar chaint an mhic gur le faoiseamh de chineál éigin a deir sé an méid sin.

"Sea, a bhuachaill, sin a dúirt mé — ag ól." Ach is léir cheana féin do Bhreandán nach raibh, arae, níl an puithín féin den alcól le haithint ar anáil an bhuachalla.

Croí Eithne — croí an fhairtheora — ag rásaíocht leis san áit istigh.

"Ní raibh, a Dhaid," agus breathnaíonn sé i dtreo na talún.

Gach seift ag an maicín céanna. É de chlisteacht aige 'a Dhaid' a rá mar go bhfuil a fhios aige go maith go sásaíonn sin an seanleaid. Agus tá a fhios ag Dia go sásaíonn. Cúlaíonn an t-athair ón mac. Is leor mar fhaoiseamh ag Breandán é, is cosúil, nach bhfuil aon ólachán i gceist, agus, go deimhin, mura bhfuil ann ach go bhfuil Eoin beagáinín mall chun a' bhaile, ní hé an peaca is mó ar domhan é.

"Bhuel, seo — siar a chodladh leat go beo, in ainm Dé. Nach bhfuil lá scoile romhatsa amárach ach an oiread leis an gcuid eile againn?" Agus, leis sin, déanann sé folt a mhic a chroitheadh lena lámh agus scuabann chun bealaigh ansin é.

Ar fheiceáil seo d'Eithne, deifríonn sí féin léi ar ais chun na leapa, casann isteach athuair i dtreo an bhalla agus ligeann uirthi gurbh ann a bhí sí ar feadh an ama. Streachlánacht chosa Bhreandáin isteach arís sa seomra á cloisteáil aici, ardú agus ísliú bráillíne agus ciúnas scaitheamh.

"An bhfuil sé ceart go leor?" arsa Eithne, tar éis tamaillín.

"Togha, togha go deo. I dtigh Chillian Mhic Raghnaill a bhí sé, is cosúil. Iad ag éisteacht le ceol ar feadh na hoíche, is dócha — tá 's agat féin mar a bhíonn ag déagóirí."

Ciúnas arís eile. Imní ar Eithne i gcónaí. An imní chéanna a bhí uirthi ó d'aimsigh sí na giuirléidí úd faoi leaba Eoin tráthnóna. Í á ríomh go huaigneach ina hintinn nó go mbeartaíonn Breandán cur leis an méid atá ráite aige cheana féin.

"Nach iontach an saol acu é, mar sin féin — déagóirí atá mé a' rá. Gan aon fhíor-fhreagracht orthu, dáiríre."

Ní thugann Eithne aon fhreagra air sin. Is ar chúrsaí eile ar fad, seachas spraoi soineanta na ndéagóirí, atá a hintinn dírithe. Í go domhain sa smaoineamh nuair a labhraíonn Breandán den tríú huair. Is deacair di a chreidiúint gurb é seo an fear céanna nach bhféadfaí an dá fhocal féin a bhaint as ar ball beag. Gan aige ach an 'mmm' codlatach úd ar feadh an ama.

"Cillian!" ar sé. "'S cé acu de na cairde é sin? An é an leaid ard fionn é, an ea?"

"Sea, sin Cillian. Leaid réasúnta deas é, measaim," arsa Eithne. "Ach, mar sin féin, a Bhreandáin, tá sé pas beag déanach ag Eoin a bheith amuigh i rith an téarma scoile, go fiú más i dtigh cara féin a bhíonn sé."

"Ara, ní dochar ar bith é ó am go chéile. Ní hé go bhfuil sé ag dul le drabhlás an tsaoil toisc corr-oíche mar í a chaitheamh. Is measa i bhfad ná héisteacht le ceol atá ann sa lá atá inniu ann, tá mise á rá leat."

"Mmm," arsa Eithne, agus scamall an mhíshuaimhnis ag méadú ar a croí lena bhfuil ar eolas aici faoi Eoin.

"Agus an Cillian sin — cén Raghnallach é féin? An é mac an ollaimh nó mac an phoitigéara é?"

"Ora, céard tá á rá agat, a Bhreandáin? Nach bhfuil a fhios agat go maith nár phós an tOllamh Mac Raghnaill riamh, gan trácht ar chúram ar bith a bheith air."

Gáire ciúin ag Breandán faoi go gceapfadh a bhean chéile — nó duine ar bith, go deimhin — go dtéann an bhaitsiléireacht agus an aontumha i lámh a chéile sa lá atá inniu ann.

"Hmm!" ar sé. "Mac an phoitigéara, más ea. Sea, leaid deas é, ceart go leor, cheapfainn."

"Sea," arsa Eithne, "mac an phoitigéara," agus leathnaíonn ar a súile díreach mar a rinneadh i seomra codlata Eoin níos luaithe an lá sin.

3

Luan. Na laethanta ag greadadh leo agus an briseadh lártéarma ag na páistí cheana féin. Saoire ag an bpáiste is mó díobh leis, ar ndóigh — Breandán. É ag feamaíl thart sa seomra suí, seal ag léamh an *Indo* agus seal eile le *Tribune* an lae roimhe sin. Sinéad agus Eoin bailithe leo amach ó mhaidin agus Eithne áit éigin sa teach i mbun glantacháin. É fógraithe níos luaithe ag Breandán go bhfuil sé i gceist aige bailiú leis tráthnóna agus cúpla lá a chaitheamh ar cuairt ar a dheartháir atá thíos fán tír. Cúpla geábh ag an ngalf, roinnt snúcair, b'fhéidir, agus, ar ndóigh, corr-phionta acu beirt le chéile sula bhfilleann sé ar an mbaile. Is ait le hEithne le tamall anuas é an tóir seo a bhíonn ar a dheartháir aige a luaithe agus a fhaigheann sé cúpla lá saor ón múinteoireacht. Ní bhíonn an dá fhocal féin faoin deartháir céanna an chuid eile den bhliain. Is duine é nach dtaithníonn an oiread sin le hEithne, ar aon chaoi. Go deimhin, níorbh é an oiread sin tóra a bhí ag Breandán féin air go dtí le cúpla bliain anuas.

"By daid, seo é an saol, ceart go leor," arsa Breandán. Deir sé sách ard é le go dtuige Eithne go bhfuil rud éigin á fhógairt aige, go fiú mura mbíonn sí in ann ciall iomlán a dhéanamh de.

"Céard deir tú, a Bhreandáin?" ar sí. Thuas staighre atá sí. Í i seomra Eoin ag an bpointe seo agus a raibh de ghlantachán ina seomra féin agus i seomra Shinéid curtha i gcrích aici cheana féin.

"Seo é an saol, a dúirt mé. Sos, saoirse, faoiseamh ó na

bligeaird bheaga bhréana ar scoil."

Sos, saoirse, faoiseamh. Is beag d'aon cheann díobhsan atá ag Eithne le tamall de sheachtainí anuas — 'sé sin, cé's moite den tseachtain seo thart. É dona go leor go dtáinig sí ar na giuirléidí úd i seomra Eoin, tá cúig seachtainí ó shin anois, ach ba mheasa i bhfad é nár fhéad sí sin a chur ar a shúile dá fear céile. Uair ar bith a dhéanfadh sí iarracht tosú isteach air bheadh seo nó siúd le déanamh ag Breandán a bheadh, ar bhealach éigin, 'níos práinní' ná comhrá. Obair scoile, b'fhéidir, nó clár spóirt éigin, nó, ar ndóigh, an *Indo* nó páipéar éigin eile. Níor chúnamh ar bith ag an am é, ach an oiread, nach raibh sí féin iomlán cinnte den méid a bhí feicthe aici. 'S dá mbeadh a fhios aici faoi mhímhacántacht Bhreandáin féin!

Ar chaoi ar bith, tá sí níos socra inti féin le seachtain anuas, nó mar sin. Í suaimhneach go maith faoi Bhreandán a bheith ag imeacht leis chun tamaillín a chaitheamh lena dheartháir. Ní bheadh sí amhlaidh, ar ndóigh, murach an cíoradh intinne atá déanta aici ón uair a tháinig sí ar an bhfearas faoin leaba. Seiceáil laethúil déanta aici ó shin — faoi dhó nó faoi thrí, go fiú, ar laethanta áirithe. Ach gan a dhath eile ann arís ón gcéad lá úd. Sea, is léir di faoi seo conas mar atá an scéal: á choinneáil do dhuine éigin eile a bhí Eoin. Ní hé go bhfuil sin sásúil ach an oiread, ach, ar a laghad, níl sé gar do bheith chomh práinneach leis an rud a shamhlaigh sí ar dtús. Dhéanfadh sí féin an scéal a láimhseáil gan Breandán a tharraingt isteach ann ar chor ar bith. Ar aon chaoi, nár mhinic feicthe aici le deireanas mar a dhéanfadh Breandán a húdarás a laghdú i láthair Eoin, agus cá bhfios nárbh é an scéal céanna arís a bheadh ann dá n-inseodh sí scéal na ngiuirléidí dó. Buíochas le Dia nár bhac sí lena dhath a lua leis. Agus ní fearr deis a bheadh aici féin chun labhairt le hEoin faoin rud ar fad ná nuair a bheadh Breandán bailithe leis as baile go ceann cúpla lá.

6.35pm 's gan Eoin sa mbaile fós. Tá ite cheana féin ag Sinéad agus Eithne. 6pm a socraíódh mar am béile sular imigh Eoin agus Sinéad amach ar maidin agus é deimhnithe ag Eithne leis an mbeirt acu go mbeidís ar ais in am. Breandán lonnaithe go suaimhneach i dteach tábhairne éigin i lár na tíre faoi seo, is dócha, agus é beag beann ar a bhfuil ag tarlú sa mbaile. Sinéad spréite bolg fúithi ar an tolg agus í faoi dhraíocht ag a bhfuil ag titim amach i 'Home and Away'.

"Sé a chlog a dúirt muid, nach ea, a Shinéad?"

"Sea, a Mham." Sinéad ar nós cuma léi agus í á rá. Tá a haird ar fad dírithe ar an sobalsraith Astrálach agus, dá ndéarfadh Eithne léi go raibh an teach féin trí thine, ní bheadh aisti ach an 'sea, a Mham' ceannann céanna.

"Meas tú cá bhfuil sé ar chor ar bith?" arsa Eithne, agus breathnaíonn sí ar a huaireadóir agus í á rá. "An ndúirt sé dada leatsa, a Shinéad, faoin áit a mbeadh sé?"

"Sea, a Mham."

Fanann Eithne cúpla soicind le go gcuire Sinéad lena caint, ach ní deir sí a dhath eile. Rian an fhrustrachais ar Eithne.

"Bhuel?"

Gan aon fhreagra ar chor ar bith an babhta seo ag Sinéad.

"Bhuel, a Shinéad?" Dada.

"A Shinéad!"

"Fuist, a Mham, tá mé ag iarraidh breathnú air seo."

Agus, leis sin, spréachann Eithne. Déanann sí lom

díreach ar an teilifís agus múchann ar an toirt é. An scáileán anois chomh dubh le hifreann féin.

"Ceart, a chailín, breathnaigh air sin anois, más mian leat, ach ná bíodh a thuilleadh den chineál sin cainte agat liomsa, an dtuigeann tú? An dtuigeann tú sin, a Shinéad?"

"Á, a Mham." Agus, leis sin, éiríonn Sinéad go friochanta agus bailíonn léi an doras amach.

"Bitseach!" ar sí, fána hanáil, agus í anois sa halla. Ansin truplásc trom na gcos ar chéimeanna an staighre agus plabadh dhoras an tseomra leapa ina dhiaidh sin arís.

Eithne fanta ina haonar thíos. Ciúnas na háite á crá anois. Suíonn sí go ceann i bhfad nó go dtagann an codladh aniar aduaidh uirthi. Is faoiseamh de chineál éigin ann féin é sin ar aon chaoi. Cosa faoin am agus Eithne beag beann ar fad air. Ocht a chlog, naoi a chlog agus mar sin de. Gleo éigin lasmuigh, nó in intinn Eithne, b'fhéidir, a mhúsclaíonn ina dúiseacht ar deireadh í. Breathnaíonn sí thart amhail is gur i dtigh strainséartha atá sí, ansin ardaíonn lámh lena muineál agus déanann sin a chuimilt.

Stangadh muiníl uirthi toisc an cloigeann a bheith leathchrochta mar a bhí. Ar a huaireadóir a fhéachann sí anois. Dia dár réiteach — preabann a croí agus suíonn sí suas caol díreach. 12.55am! An oíche ina dubh. Sinéad is túisce a thagann chun a cuimhne. Éiríonn sí, téann in airde staighre agus breathnaíonn isteach i seomra codlata na hiníne. Tá Sinéad ina luí go hamscaí ar an leaba. Í ina tromchodladh agus cuma aingil uirthi. Shílfeá, chun breathnú uirthi, nach ndéarfadh sí riamh ach an rud ba ghleoite lena máthair. Bheadh sé ina throid arís eatarthu dá ndéanfadh Eithne aon iarracht ar an bhfeisteas a bhaint den chailín óg. Scaoileann sí an chuilt, áit a bhfuil Sinéad ag luí air, agus clúdaíonn leis sin í. Póigín beag di ar an gclár éadain agus druideann Eithne doras an tseomra ina diaidh.

Í ag doras sheomra Eoin anois agus cnagann sí go héadrom air. Gan aon fhreagra uaidh. É ina shámhchodladh faoi seo, ar ndóigh, a shíleann sí. Lámh ar an murlán aici agus casann go mall réidh. Dorchadas an tseomra istigh ag breathnú amach uirthi agus sánn sí a cloigeann isteach chun a chinntiú nach bhfuil an gléas CD, nó, níos measa fós, an tine bheag leictreach fágtha ar siúl ag Eoin. Ach níl, ná baol air. Go deimhin, ní hamháin nach bhfuil ceachtar díobhsan ar siúl ach feictear di sa leathsholas nach bhfuil rian d'Eoin féin ann. Cuireann sí air solas an tseomra agus sin díreach mar atá, gan aon agó. Níl Eoin sa mbaile fós. A thiarcais Dia! Faraor gan Breandán a bheith beagáinín níos boirbe agus níos údarásaí leis an oíche úd roinnt seachtainí roimhe seo agus b'fhéidir nach mar seo a bheadh.

Eithne thíos staighre arís agus an dá lámh fáiscthe go daingean ar an muga caifé atá úrdhéanta aici. A Chríost, 12.58! Cá bhfuil sé ar chor ar bith? Le Cillian Mac Raghnaill, seans, a shíleann sí. Cillian Mac Raghnaill — mac an phoitigéara. Mac an phoitigéara! An t-amhras ag teacht ar ais ina thonnta chuig Eithne arís — amhras a bhí curtha di aici le tamaillín anuas. Ach cuimhníonn sí anois ar an míshuaimhneas a d'airigh sí an oíche úd ar an leaba di nuair ba mhór throm ar a hintinn é gur mac le poitigéir é Cillian. Chuirfeadh sí glaoch ar Thigh Mhic Raghnaill féachaint an ann atá Eoin.

Eithne ag an bhfón anois. Í ar tí an uimhir a dhiailiú ach ansin tagann an dara smaoineamh chuici. É ag druidim le 1am. É cineál déanach a bheith ag glaoch ar theach ar bith, agus nárbh uirthi a bheadh an náire dá dtarlódh sé nárbh ann d'Eoin ar chor ar bith.

Í ar ais sa seomra suí agus an uile fhéidearthacht eile ag rith trína hintinn. Glaoch ar Bhreandán? Ní hea. B'fhearr gan sin a dhéanamh ach an oiread, a shíleann sí. Ní ag an bpointe seo, ar aon chaoi. Níl ann, ar sí léi féin, ach go bhfuil an scabhtaerín ag tapú deise agus Breandán as baile. Ach by daid, tabharfaidh sise íde béil dó nuair a thagann sé. Ach, in imeacht nóiméid eile, méadaítear ar an amhras arís. Cuimhníonn sí ar an nós seo ag Eoin le deireanas seasamh le stócaigh eile na háite thíos ag an gcoirnéal ag ceann na sráide. Gan insint ar na ráflaí atá ag dul thart faoina bhfuil ar siúl ag an gcomhluadar céanna. Drugaí luaite ar cheann de na féidearthachtaí. Ardaíonn an smaoineamh sin cuimhne na ngiuirléidí ina hintinn arís eile. Nár lige Dia gurb in is bunús le é a bheith ina measc le tamaillín anuas. Ní fhéadfadh sé go mbeidís ina seasamh amuigh ansin an tráth seo den oíche.

Amach le hEithne go dtí an doras tosaigh agus déanann ar é a oscailt. Í díreach ag pointe na hoscailte nuair a thagann an doras isteach de phlabadh ina coinne. Cúlaíonn sí de gheit, ach ansin tagann ar aghaidh de dheifir arís, agus sin roimpi é Eoin, é sínte isteach thar tairseach anois agus an uile chuma air nach bhfuil a fhios aige ó thalamh an domhain cá háit a bhfuil sé. Scaoileann Eithne osna uaithi agus cromann chun a mac a bhreathnú. Gan marc ná máchail air, is cosúil, ná boladh an óil uaidh ach an oiread. Cuireann Eithne ordóg ar chaipín súile Eoin agus déanann é a ardú. Deirge na súile céanna agus an t-imreasc leathan bolgach. Fonn riachtana ar Eithne. Idir fhaitíos agus chaoineadh ag méadú inti. Ach músclaíonn sí a misneach, déanann muinchille gheansaí Eoin a bhrú aníos agus feiceann rian na snáthaide i lúb na huillinne air.

4

"Is rud clainne é seo agus tá sé thar a bheith tábhachtach é sin a aithint agus a thuiscint. É tábhachtach glacadh leis sin mar thúsphointe an phróisis athshlánaithe."

Rian na mífhoighne ar éadan Bhreandáin agus é ag éisteacht leis an gcomhairleoir ag cur di. É soiléir ar aghaidh Eithne go bhfuil sise ag glacadh lena bhfuil á rá ag Marian Johnson ar bhealach atá dáiríre. Eoin féin i láthair agus is cosúla aoibh a éadain sin le haoibh Bhreandáin ná le haoibh na spéise atá á léiriú ag a mháthair.

"Tá sé riachtanach go mbeadh comhoibriú idir na páirtithe chun cuidiú leis an andúileach an nós a chur de. Ní foláir a thuiscint nach thar oíche a tharlaíonn a leithéid. Seans go bhfuil Eoin ar an nós seo le trí nó ceathair de bhlianta ag an bpointe seo. Nach fíor sin, a Eoin?"

Mionghnúsacht de chineál ag Breandán agus an comhairleoir á rá sin. É deacair a mheas uaidh an ag aontú leis an tuairim sin atá sé nó a mhalairt. Gan de fhreagra ag Eoin ar cheist an chomhairleora ach strainc a chur air féin. Ar bhealach, tá Eithne ar a dícheall chun a leibhéal spéise féin ina bhfuil á rá ag an gcomhairleoir a bhéimniú. Is sórt cúitimh uaithi é le nach gceapfar go bhfuil an bheirt eile ar nós cuma leo faoin rud ar fad.

Ar nós cuma leo, go deimhin! Chun an fhírinne a rá, tá sin ina fhadbh ann féin, ach an oiread le handúil Eoin, ó fuarthas amach go cinnte faoin scéal, tá coicís ó shin anois. An t-ádh dearg leo nach cás dlí de shaghas éigin atá ina gcoinne seachas éileamh na n-údarás go ndéanfaidís freastal ar roinnt seisiún comhairleoireachta. Ar a gcostas féin atá coinne luath déanta ag Eithne, seachas fanacht ar an gcóras poiblí. D'fhéadfadh fanacht dhá nó trí mhí a bheith ar dhuine ar an dóigh eile. Ach Eithne ag súil anois nach airgead amú é, mar tá gach cosúlacht ar an scéal go bhfuil diúltaithe glan ag Breandán glacadh leis gur andúileach de chineál ar bith é a mhac sin. É sin d'ainneoin cúig lá san ospidéal a bheith curtha de ag Eoin i ndiaidh eachtra na hoíche úd. Is measa ná sin fós é, go fiú — tá Eoin féin ag déanamh amach go bhfuil an ceart ag Breandán.

Ar ndóigh, níl a fhios ag Eithne, ach an oiread, go bhfuil greim scornaí ag Eoin ar Bhreandán. Ní heol di go bhfuil a fhios ag Eoin nach lena dheartháir i lár na tíre a chaith Breandán na laethanta úd i rith na saoire ar chor ar bith, ach le hAmy, an bhean luí aige le breis agus dhá bhliain anuas. Sea, 's gan a dhath ar domhan ar eolas ag Eithne fúithi sin. Trí sheans ar fad a tháinig Eoin orthu beirt i mbialann san ardchathair, tá dhá mhí ó shin. Iad ag spallaíocht agus ag pógadh a chéile i gcúinne na bialainne, mórán mar a dhéanfadh beirt dhéagóirí. Bhain sé stangadh fíochmhar as Eoin ag an am, ach cé a cheapfadh riamh go bhféadfadh sé deis éigin a thapú dá bharr. Agus, by daid, thapaigh …

"Ó! A Eoin … a mhac!" arsa Breandán, 's gan a fhios aige arbh ann nó as dó leis an siar a baineadh as. "Céard tá á dhéanamh agatsa anseo?"

"Agamsa, a Dhaid! Céard tá á dhéanamh agamsa anseo!" Agus bhreathnaigh sé an t-athair agus ansin, d'aonghnó, an bhean óg fhionn a bhí i dteannta Bhreandáin. D'aithin sé ar an bpointe í — rúnaí na scoile ina bhfuil a Dhaid ag múineadh. Í dathúil, ceart go leor.

Ach, a Chríost, í fiche cúig ar a mhéid, shíl sé. A fhios ag Dia gurbh fhearr i bhfad a d'fheilfeadh sí dó féin ná do Bhreandán.

"Ó ... eh, seo Amy ... eh, rúnaí na scoile, tá 's agat. Chas tú uirthi cheana, measaim. Eh, bhí muid ag —"

"Tá a fhios agam, a Dhaid. Sea, bhí sibh ag plé cúrsaí gnó, is dócha. Cúrsaí múinteoireachta, nach hin é?"

An tseanfhoirmle, go deimhin, díreach mar a fheictear sna scannáin é. Ach cé a cheapfadh go dtarlódh sé ina chlann féin? Athair duine éigin eile a bhíonn i gceist i gcónaí seachas d'athair féin. Sea. Ach cá bhfágfá tapú deise lena ndearna Eoin don athair ina dhiaidh ...

Tapú deise, go deimhin ...

Ní raibh imithe ach an cúpla lá féin nuair a tháinig Breandán chuige faoin scéal. Tréaniarracht á déanamh ag an athair ar Eoin a mhealladh, ar é a cheangal chun ciúnais faoina bhfaca sé an oíche úd. Beag a cheap Breandán ag an am, nuair a shocraigh sé an €150 in aghaidh na seachtaine a chur i gcuntas Eoin sa Bhanc Taisce gur le haghaidh drugaí a d'úsáidfí an t-airgead sin. Ceannach ciúnais a bhí ann, shíl sé, ní ceannach ábhair a d'fhéadfadh todhchaí a mhic a chur i gcontúirt. A thodhchaí féin, go deimhin, dá smaoineodh sé air, agus todhchaí an phósta mar bharr ar an donas ...

"A thrí nó a ceathair de bhlianta, a Eoin, nach ea?" arsa Marian Johnson athuair.

"A thrí nó a ceathair de bhlianta! Níl ná baol air! Níl ann ach gur ghlac mé uair nó dhó é," arsa Eoin, agus é ag déanamh beag de chúiseamh an chomhairleora. "Ní hé go bhfuil mé gafa nó a dhath mar sin."

"Is gnáthrud é go ndiúltaíonn an t-andúileach don

chomhairle. Go deimhin, ar uaire, diúltaíonn corr-thuismitheoir dó freisin," arsa an comhairleoir. "Féinchosaint a bhíonn i gceist, is dócha."

Bior láithreach ar shúile Bhreandáin ar chloisteáil na tagartha seo don bhféinchosaint dó. Aithníonn an comhairleoir míshuaimhneas an athar, ach ceapann gurb é is cúis leis ná go bhfuil sí rud beag éigin ró-lom ina cuid cainte, b'fhéidir.

"É deacair don duine a admháil go bhfuil fadhb den chineál sin ag ball clainne ar bith dá chuid, atá mé a rá, go háirithe agus heroin i gceist," ar sí.

Í ina tost ansin chun deis a thabhairt dóibh — do Bhreandán, ach go háirithe — a léiriú go bhfuil an ghoimh bainte as míthuiscint ar bith a glacadh as an méid a dúirt sí ar ball. Ach Breandán ar nós cuma leis i gcónaí 's gan a dhath á rá ag Eoin ná ag Eithne.

"Agus an chúbláil, ar ndóigh," arsa an comhairleoir, "é sin, ach go háirithe, ó thaobh an andúiligh de."

Eoin corrthónach ar a chloisteáil seo dó agus é soiléir leis nach bhfuil Breandán ar a shuaimhneas ach an oiread.

"Cúbláil! Céard é go díreach atá i gceist agat leis sin?" a fhiafraíonn Eithne.

Breathnaíonn an comhairleoir ar Eoin agus ar Bhreandán. Is furasta di a aithint nach bhfuil siad ar a gcompord ar chor ar bith.

"Bhuel, ní hé go bhfuil mé a' rá gurb amhlaidh atá sa chás seo — 'sé sin, i gcás Eoin — ach is minic an chúbláil mar ghné d'iarracht an andúiligh ar an nós a bhuanú agus, ag an am céanna, ar imeartas a dhéanamh orthu siúd atá thart air ... baill chlainne ach go háirithe."

Sracfhéachaint ar Eoin agus ar Bhreandán ag an

gcomhairleoir agus tuigeann sí, ar bhealach éigin, gur fearr gan dul mórán níos faide leis an seisiún an babhta seo.

"Ach sin ábhar do lá eile, is dóigh liom," ar sí.

Eithne ag breathnú ar Bhreandán trí chúinne na súile agus é soiléir di go bhfuil méadú ag teacht ar an mbundúnacht ann. Cé go n-aithníonn sí go bhfuil Marian Johnson ar a dícheall a bheith discréideach sa mhéid atá á rá aici, tuigeann sí chomh maith nach bhfuil Breandán ag glacadh leis an méid is lú de. Í sásta, ar bhealach, go bhfuil an seisiún ag druidim chun deiridh agus socrú déanta le haghaidh seisiúin eile i gceann seachtaine.

* * *

Tost. Iad uile ina dtost ó d'fhág siad an t-ionad comhairleoireachta tá deich nóiméad ó shin. Gan oiread agus an focal amháin féin eatarthu. Deirge an tsolais thráchta ag a bhfuil siad á scairdeadh féin isteach trí ghloine an chairr agus diamhracht an tsolais sin ag cur cuma ainriochtach ar éadain an triúir. Eithne ar buile le Breandán i gcónaí toisc an easpa tacaíochta atá léirithe arís eile aige. Agus Eoin sa suíochán cúil agus cuma na buachana air. Ansin, 's gan aon choinne leis, 'sé Breandán a bhriseann ar an gciúnas.

"Ar chaoi ar bith, ní raibh ann ach cúpla geábh dó — nach ea, a Eoin?" ar sé. "Nach hin é, a mhac?"

Alltacht ar Eithne ar a chloisteáil seo di.

"Sea, a Dhaid. Dhá nó trí uair, ar a mhéad, déarfainn. Is cinnte nár mhó ná ceithre huair é, ar aon chaoi."

Cuma an bhréagadóra ar an uile fhocal as béal an mhaicín chéanna, dar le hEithne. Tá sin dona go leor, ach feictear di gurb í cuma na leibide amach is amach atá ar Bhreandán agus an chaint seo aige. Fáisceann sí a béal agus í ar a dícheall gan rún an chiúnais atá glactha chuici féin aici a bhriseadh.

"Sin agat é," arsa Breandán, "agus sin deireadh leis, nach ea?"

Gan aon fhreagra air sin ag Eoin an babhta seo. Breathnaíonn Breandán san uas-scáthán agus nasctar a shúile faoi ghreim ag súile Eoin. An bhagairt, an mhímhacántacht, an rún. Agus airíonn Eithne dorchadas na hoíche ag déanamh comhcheilge le ciúnas an bhuachalla chun mí-ionraiceas Eoin a cheilt. É ag éirí níos déine uirthi fanacht ina tost. Rian na snáthaide i bhféitheacha na huillinne ina cuimhne aici i gcónaí.

"Ora, má chuimhnimid siar ar ár ndéagbhlianta féin, a Eithne, nár bhaineamar go léir triail éigin as an stuif céanna ag an am?"

Leathnaítear ar shúile Eithne ar a chloisteáil seo di. Gan a fhios aici an measa é saontacht Bhreandáin ná an leibideacht atá léirithe cheana féin aige.

"Níl duine dár nglúinse nár thriáil an marijuana nó an ..."

"Ora, dún, a Bhreandáin," arsa Eithne, de phléasc. "Céard tá á rá agat ar chor ar bith, a dhuine! A leithéid de sheafóid níor chuala mé riamh. Ar chaoi ar bith, ní ar mharijuana nó ar an gcineál sin druga atáimid ag caint anseo. Agus ní haon uair nó dhó atá i gceist ach an oiread, a bhuachaill," ar sí, agus í anois ag díriú a haird siar ar Eoin. Nach hin é, a bhréagadóirín bhig lofa?"

Stangadh bainte as Breandán ag boirbe Eithne. Breathnaíonn sé sa scáthán athuair, feiceann súile Eoin á cheangal agus brúnn a chos níos tréine fós ar luasaire an chairr.

5

Na seachtainí ag greadadh leo 'gus é i bhfoisceacht sé lá don Nollaig cheana féin. An seisiún deireanach comhairleoireachta curtha díobh acu, tá coicís ó shin. Nó ba chirte a rá gur curtha di ag Eithne atá sé, mar, ba mhinice as láthair ná a mhalairt iad an bheirt eile — an bheirt is mó a bhfuil gá acu leis an gcomhairle chéanna. "Gnáthphátrún i gcás an andúiligh," a dúirt an comhairleoir léi oíche.

Ach, d'ainneoin iad a bheith as láthair, is faoiseamh éigin ag Eithne é Eoin a bheith glan ar heroin ón oíche thuaipliseach úd a bhfuair sí ar leac an dorais tosaigh é. Ní dhéanfadh sí dearmad choíche ar an siar a bhain sin aisti. Ar ndóigh, ó shin i leith, tá an Meiteadón á ghlacadh in áit an heroin aige. A fhios ag Eithne go bhfuilid ann a deir go bhfuil sin gach pioc chomh holc leis an bpúdar bán féin ach, ar a laghad, tá air freastal ar an gclinic uair sa choicís chun oideas dochtúra a fháil lena haghaidh sin. Cuireann sin srian éigin air ar aon nós, is dócha, a shíleann Eithne. Agus tá sé ar ais ar scoil arís le cúpla seachtain anuas, rud a chuireann rialtacht eile fós air.

Tá Eithne ag glacadh sos caifé sa chistin nuair a chloiseann sí cluasa an rothair á leagan in aghaidh bhalla bhinn an tí lasmuigh. Níl a fhios aici cé acu de na páistí é. Breathnaíonn sí ar an gclog leictreach: 4.10pm. Scrúdú deireanach na Nollag acu beirt tráthnóna. Béarla ag Sinéad agus Bitheolaíocht ag Eoin. É ag cur de ag am bricfeasta á rá gur córas seafóideach ar fad é an córas scolaíochta agus faoin gcaoi nach ndéanann na scrúduithe tada a mheas ach cumas an duine chun eolas lom a shlogadh agus é a thabhairt ar ais uaidh ina thonn taoscach ar lá an scrúduithe. Dá n-éireodh leis é sin féin a chur i gcrích an babhta seo, níor bheag mar éacht é, a shíleann Eithne.

Oscailt agus dúnadh dhoras an tí de phlib-phlab. É chomh deifreach sin is gur deacair a rá cé acu oscailt nó dúnadh a dhéantar ar dtús. Agus ina dhiaidh sin arís pramsach á bhaint as an staighre. Aithníonn Eithne láithreach ar an ngluaiseacht cé acu den bheirt atá ann. Amach sa halla léi agus seasann ag bun an staighre. Fonn uirthi tabhairt faoi toisc nár tháinig sé isteach sa chistin chun beannú di ach cuireann sí cosc uirthi féin sin a dhéanamh. Tá foghlamtha aici le deireanas cén chaoi leis na nithe beaga sin a ligean le sruth — a bhuíochas sin don chomhairleoir.

"Ná bí ag súil le mórán uaidh go ceann tamaill," a dúirt sí léi. "Bíonn sé an-dian ar an andúileach agus é ag déanamh iarrachta fanacht glan ar an stuif. É i bhfad Éireann níos déine air, go fiú, ná mar a bhíonn nuair a bhíonn sé ag glacadh an ábhair."

Ach, mar sin féin, a shíleann Eithne, ba bheag é beannacht.

"Tú féin atá ann, a Eoin, an ea?"

Streachlánacht na gcos thuas agus amach le hEoin ar léibheann an staighre. Cnaipí na léine úire á gceangal aige ar an mbealach amach dó.

"Sea, a Mham."

Láithreach bonn aithníonn sí an léine shíoda chorcra air — é sin a chaitheann sé 'gus é ag dul ag damhsa. Beartaíonn sí ar an bpointe gan aon tagairt a dhéanamh dó.

"Tá mé ag ól caifé anseo thíos. Ar mhaith leat cupán a

ghlacadh in éineacht liom?"

"Brón orm, a Mham. Coinne agam casadh ar chara liom i lár na cathrach. Deireadh na scrúdaithe agus mar sin de, tá a fhios agat féin."

Na sonraí á dteilgean féin trí intinn Eithne: cara, lár na cathrach, mar sin de. An 'mar sin de' úd aige go minic mar bhealach ar rud éigin a cheilt. Tagann ráiteas an comhairleora chun cuimhne d'Eithne arís: "Sea, a Eithne, agus téarmaí ar nós 'cibé rud é', 'tá's agat féin' agus 'mar sin de' — téarmaí atá scaoilte agus neamhchinnte. Is breá leis na handúiligh iad sin a úsáid go minic. Is bealach seachantach i gcónaí é. Comharthaí iad go mb'fhéidir nach bhfuil iomlán na fírinne á insint duit."

"Agus do dhinnéar, a Eoin? Tá sé réitithe agam."

"Brón orm, a Mham, ach caithfidh mé a bheith sa chathair faoi leathuair tar éis a cúig." Agus, leis sin, bogann sé den léibheann agus ar ais leis go dtí a sheomra féin.

Eithne ina seasamh ag bun an staighre i gcónaí. É ag dul dian uirthi gan an bloc a chailliúint leis. Déanann sí dhá dhorn dá lámha, scaoileann osna aisti, siúlann léi an halla síos agus isteach sa chistin.

Í ina suí ag an mbord arís ach gan aon dúil sa chaifé aici a thuilleadh. Na ceisteanna go líonmhar ag sruthlú trína hintinn. Cá háit sa chathair a bhfuil a thriall? Cén gnó atá aige istigh ann? Cé air a bhfuil sé ag dul ag casadh? Cuirtear na ceisteanna céanna ar mhí-eagar ar fad nuair a chloiseann sí ag teacht anuas an staighre é.

"A Eoin," ar sí, ar eagla go n-éalóidh sé amach gan focal gan bheannacht, díreach mar a rinne sé ar an mbealach isteach dó. Cloiseann sí osna uaidh sa halla amuigh agus tuigeann sí gurbh hin é go díreach a bhí ar a intinn aige a dhéanamh ceart go leor.

"Gabh i leith isteach sula mbailíonn tú leat," ar sí.

Moill ar Eoin ag teacht agus, nuair a thagann féin, ní thagann sé isteach thar thairseach ach cuireann gualainn le hursain an dorais.

"Á, a Mham, tá sé leathuair tar éis a ceathair ..."

"Fiche a cúig tar éis, a Eoin, fiche a cúig tar éis. Anois, cá bhfuil do thriall?" Boirbe i nglór Eithne.

"Dúirt mé leat é — lár na cathrach."

"Cá háit i lár na cathrach? Is áit mhór í lár na cathrach, bíodh a fhios agat."

"Club éigin."

"Club! Roimh am tae! Cén club?"

"Bhuel, club ar ball. Tá mé ag casadh ar chara liom roimh ré."

"Cén cara leat?"

"Á, a Mham, shílfeá gur —"

"Cén cara, a Eoin?"

"Cillian."

"Cillian! Cillian Mac Raghnaill, an ea?"

"Sea, Cillian Mac-bleedin'-Raghnaill. Féach, a Mham, tá mise seacht mbliana déag d'aois. Ní páiste mé agus —"

"Díreach é, a Eoin. Tá tú seacht mbliana déag d'aois, ní ocht mbliana déag — go fóillín beag, ar aon chaoi. Agus tá mise agus do Dhaid freagrach asat go dtí go mbíonn an ocht mbliana déag sin slán agat."

"Á, a Mham, cén sórt friggin' cacamais é sin?"

Agus, leis sin, spréachann Eithne. Preabann sí ina threo, buaileann lom láidir ar an leiceann é lena leathláimh. Aniar aduaidh ar fad a thagann sí air agus níl a fhios aige sin an ann nó as é.

"Ná húsáid an drochtheangachas sin sa teach seo, a bhuachaill, nó is mó ná ceistiúchán a dhéanfar ort."

Leathlámh lena éadan ag Eoin agus idir shotal agus bhinb sna súile air.

"Bhuel, frig seo mar chraic, más ea," ar sé, agus breathnaíonn sé sa dá shúil ar a mháthair, casann ar a shál agus bailíonn leis an doras amach. Fógraíonn plabadh plancach an dorais é féin ina mhacalla ar fud an tí.

An chistin ina tost ar fad anois. Dúnann Eithne a dá lámh timpeall ar an muga caifé atá i lár an bhoird aici. É fuar faoi seo. Gan aon dúil aici blaiseadh de, go fiú. Í ina haonar ar an uile bhealach. Gan aon tacaíocht aici ó thús na trioblóide seo, nó roimhe sin, go fiú, anois go gcuimhníonn sí air. Agus maidir le Breandán — huth! Ba bheag an cúnamh eisean thar éinne eile ó fuarthas amach an chéad uair faoi nós Eoin. A mhalairt ar fad de chosúlacht atá air, go deimhin. Shílfeá nach amháin nach spéis leis cruachás a mhic ach gurb é is mian leis ná cur leis an anró, cibé diabhal atá air ar chor ar bith.

Ar ndóigh, níl rudaí ceart idir Eithne agus é le cúpla bliain anuas. Is cuimhin le hEithne go maith an uair ar thug sí athrú éigin faoi deara. Sea, breis agus dhá bhliain ó shin, go deimhin — dhá bhliain is an Lúnasa seo thart. Athrú tobann i ndiaidh dó cúpla lá a chaitheamh thíos fán tír lena dheartháir. É giorraisc léi, gan aon spéis a thuilleadh aige rud ar bith a dhéanamh ina teannta. Na nósanna rialta a bhíodh acu — dul chun na pictiúrlainne, chun na hamharclainne nó le haghaidh cúpla deoch oíche Shatharn, go fiú — bhí deireadh tobann leo ar fad. Ach ba mheasa ná aon cheann díobhsan deireadh an chaidrimh eatarthu. Sin é is measa fós díse. An t-achar fada sin gan caitheamh lena chéile.

"Sé an aois ag a bhfuil sé," a dúirt a deirfiúr Anna léi. Anna díreach tagtha abhaile ó Mheiriceá chun cur fúithi in Éirinn arís. Airíonn Eithne teannas éigin idir í agus a deirfiúr agus níl a fhios aici nach i ngeall ar easpa spéise sa chás ina bhfuil Eithne a deir sí an rud seo faoin aois ag a bhfuil Breandán. "Tarlaíonn sé don uile dhuine díobh, na fir. Ach feicfidh tú i gceann tamaill, a Eithne, go mbeidh sé dod' phlúchadh le haire agus le grá sula i bhfad arís. Fan go bhfeice tú."

Fad téide fad na fanachta céanna. Tá Eithne ag fanacht ar athrú fós ach diabhal athrú atá le feiceáil murar athrú chun donais é.

Geiteann croí Eithne nuair a bhuaileann an fón. Í stróicthe as domhan na cuimhne agus b'fhéidir nach dochar ar bith é sin di.

"Heileo."

"Heileo, a Eithne."

"A Bhreandáin! Anois díreach a bhí mé ag smaoineamh ort, a stór." Ní túisce ráite aici é ná cuimhníonn sí go bhfuil sé píosa fada ó thug sí 'a stór' air. É níos faide fós ó dúirt seisean a dhath mar é léi-se.

"Féach, a Eithne, tá dream againn anseo ag glacadh deoch na Nollag — deireadh téarma agus mar sin de, tá 's agat féin. Beidh sé déanach agus mé sa mbaile."

'Sé an 'mar sin de' agus an 'tá 's agat féin' aigesean anois a théann i bhfeidhm ar Eithne seachas croí na teachtaireachta. A thiarcais, baol paranoia uirthi, a shíleann sí soicind, mura gcuireann sí smacht éigin uirthi féin.

"Maith go leor, a Bhreandáin. Cé hiad atá leat?"

"Ó, baill eile na foirne, tá's agat féin. Liam agus Maidhc

agus Joe agus triúr nó ceathrar eile den chriú."

Áthas ar Eithne ainm Joe a chloisteáil ina measc. Duine staidéartha é agus, dá mbeadh baol ar bith go ngabhfadh Breandán thar fóir leis an ólachán, tá a fhios ag Eithne go mbreathnódh Joe ina dhiaidh.

"Togha. Fágfaidh mé do dhinnéar faoi theas, más ea."

"Bhuel ... eh, b'fhearr gan, b'fhéidir. Seans go mbeidh mé mall go maith. Ar chaoi ar bith, nach bhfuil an microwave ann," ar sé, agus ligeann sé gáire amhrasach uaidh. "Tá's agat féin conas mar a bhíonn na hócáidí seo ag an tráth seo den bhliain. Go deimhin, má bhíonn an deoirín iomarcach istigh agam, seans go bhfanfaidh mé i dTigh Joe thar oíche an babhta seo arís."

Díomá ar Eithne. D'ainneoin an caidreamh eatarthu a bheith seargtha, bhí súil aici é a fheiceáil tar éis a raibh tarlaithe idir í agus Eoin ar ball beag. Í tostach cúpla soicind."

"Gach rud ceart go leor ansin, a Eithne?"

"Ó, togha."

"Go breá, más ea. Bhuel, feicfidh mé ar ball tú, seans. Agus, mura bhfeiceann ... Bhuel, ná fan i do shuí ag feitheamh orm, ar eagla na heagla."

Is míorúilt ann féin é go n-éiríonn léi an dara 'eagla' a chloisteáil, arae, caithfidh go gcrochann sé an fón ar ais sa chliabhán agus é á rá.

"Ní fhanfaidh," arsa Eithne, cé go bhfuil a fhios aici nach ann do Bhreandán a thuilleadh.

Greim fós ar ghlacadóir an teileafóin aici agus na deora ag ardú i logaill na súl uirthi nuair a bhuaileann Sinéad an doras isteach.

"Haigh, a Mham," ar sí, 's gan an leathchoisméig féin

siúlta isteach sa halla aici. Leagann Eithne uaithi an glacadóir agus brúnn a droim go láidir in aghaidh bhalla na cistine. Tocht uirthi. Tocht aisteach. Tocht an uaignis.

"Ó, a Mham," arsa Sinéad go ríméadach, agus í ag teacht i dtreo na cistine, "dá bhfeicfeá chomh simplí is a bhí an páipéar Béarla tráthnóna. Tháinig Yeats aníos agus bhí ..." Agus, leis sin, stopann sí dá caint nuair a fheiceann sí Eithne á cúbadh féin in aghaidh an bhalla.

"A Mham, céard é féin? Céard tá cearr?"

Gad cainte ar Eithne bhocht. A héadan in ainriocht lena bhfuil d'iarracht á déanamh aici na deora a choinneáil siar. Tagann Sinéad a fhad léi agus cuireann siad a lámha timpeall ar a chéile. Cloigeann Eithne ina shuí ar ghualainn na hiníne agus sileann sí na deora go géar goirt.

6

Lár na cathrach, 1.30am. Urlár íochtar an halla damhsa dubh le daoine óga. Lá deireanach na scrúduithe sa chuid is mó de na scoileanna, idir chathair agus bhruachbhailte, agus an-tóir ar rave na hoíche anocht i dtigh Mad Benny. An ceol ag pumpáil leis ina rabharta tonntach taomach agus na soilse rothlacha ildaite ag breith ar na déagóirí 'gus iad ag bogadaíl leo suas síos go rithimeach de réir dhul an cheoil. Ina ngrúpaí beaga dlútha a dhamhsaíonn siad seachas aonaraigh ar aghaidh a chéile. Mirlíní allais ar a n-éadain, iad ag glioscarnach nuair a bheireann gathanna an tsolais orthu. Cuma an ghliondair ar an uile dhuine díobh — cuma na saoirse. Maoir an halla le feiceáil anseo 's ansiúd, iad gléasta go deismíneach ina gcultacha dubha. Don té nach eol dó a mhalairt, ní gá iad a bheith ann ar chor ar bith.

Beirt ógánach ina suí ag bord ar léibheann an dara hurlár thuas. An uile bhogadh thíos faoina súile acu. Iad idir a bheith ag caint le chéile agus ag breathnú anuas ar na damhsóirí. Ar na cailíní thíos is mó a dhíríonn siad a n-aird.

"Féach ise sa gheansaí halter dúghorm." Cillian a deir agus sméideadh cinn á thabhairt aige i dtreo chailín aird fhinn atá gar do cheann de dhoirse cliathánacha an halla. "Céard déarfá léi-se, a Eoiní-baby?"

Sracfhéachaint ag Eoin sa chearn ina threoraíonn Cillian é agus aimsíonn sé an cailín. Osna uaidh.

"Yeah, a mhac. Yeah-yeah-yeah! Sin é a déarfainnse léi, a bhuachaill. Cé hí féin?"

"Ha! Bhí a fhios agam go dtaitneodh sí leat. Bhuel, creid nó ná creid, is deirfiúr í sin le Johnny Hellerman."

"Johnny the Fix! Úinéar na háite! Ag magadh atá tú. Ach tá sise chomh —"

"Sea-sea, tá a fhios agam, a Eoiní — tá seisean chomh gránna agus sise chomh dathúil sin gur deacair a chreidiúint gur as an stábla céanna ar chor ar bith iad. Sin é a deir gach éinne fúthu beirt. Ar ndóigh, ní cuidiú ar bith do dhathúlacht Johnny bhoicht é an Scian-Scan úd a rinneadh air na blianta fada ó shin."

Gan de chur amach ag Eoin ar an gcéasadh seo ar ghnách Scian-Scan a thabhairt air ach gur gearradh líneach ar an éadan é le scian an-fhíneáilte agus ansin go ndéanfaí trasghearradh ar na línte sin arís. Is cinnte, a shíleann Eoin, nach n-aithneofá Johnny the Fix ar an mbean óg thíos.

"Dathúil, a deir tú! Is bleedin' spéirbhean í."

"Hé, hé, a Eoiní, glac go réidh é. Tá mise ag siúl amach léi le breis agus trí seacht ..."

Scáth a thagann trasna ar an mbord a chuireann ar Chillian stopadh den chaint. Breathnaíonn siad beirt aníos i dtreo an té atá ag cealú an tsolais orthu. Corraíonn an strainséir a chloigeann beagán agus anois tá an spotsholas atá taobh thiar de ag dalladh Eoin.

"Yeah, céard tá uait?" arsa Cillian.

"*E*, man. Cén méid an ceann?" De chogar a labhraíonn mo dhuine.

"Seacht euro an taib. Cúig má tá an dros uait. Trí euro déag ar dhá cheann maith." É mar liodán ag Cillian agus é á rá.

Tost roinnt soicindí le linn do mo dhuine a intinn a dhéanamh suas. Corraíonn sé a chloigeann isteach thar gha an tsolais athuair agus baineann arraing an mhíchompoird de shúile Eoin. Anois go bhfeiceann Eoin i gceart é, aithníonn sé é mar dhuine de chustaiméirí Johnny the Fix.

"Tabhair 'om péire díobh, más ea."

An beart déanta gan aon mhoill. Go fiú agus Eoin ina shuí ansin taobh le Cillian, is beag nach ndéantar i ngan fhios dó é.

"Aon dúil agat an stuif a dháileadh?" arsa Cillian le mo dhuine.

"Naw, man — tá mé ar na leabhair ag Johnny, tá's agat."

"Cibé is toil leat féin. Beidh do chuid féin in aisce agat má dhéanann." Caochann Cillian leathshúil le hEoin agus sin á rá aige leis an bhfear atá ina sheasamh. Moill ar mo dhuine fós eile.

"Naw, ní dóigh liom é."

"Do thoil féin, a bhuachaill. Stuif maith, tá a fhios agat. Tóir air, má thuigeann tú leat mé. Ach fút féin atá."

"Naw, ní féidir liom, dáiríre." An t-amhras níos léire ná riamh sa ráiteas deiridh seo aige, ach, mar sin féin, bogann sé amach ón mbord agus bailíonn leis. Siotgháire ar a bhéal ag Cillian agus é ag breathnú ar mo dhuine ag imeacht, 's ansin briseann an gáire air. Cuma na halltachta ar Eoin.

"A Chríost, a Chillian, is duine de lucht Johnny é sin."

"'S céard faoi más ea féin, a Eoiní-baby? Céard a thug anseo é, meas tú?"

Searradh na nguaillí ag Eoin. Cuireann Cillian a dhá uillinn ar an mbord agus cromann ar aghaidh chuige. An ceol níos airde anois, níos gusmhaire ná mar a bhí ar ball agus gluaiseacht na soilse níos bríomhaire dá réir. Scáthanna dorcha diamhara á dteilgean ar an dá éadan.

"Inseoidh mé duit é, a bhuachaill. An stuif sin ag

Johnny, is dros dríodartha amach is amach é. Chuile chac de phúdar á chur isteach ann 's gan a fhios ag daoine céard tá á ghlacadh acu nó cad as a bhfuil sé ag teacht. Tuigeann Johnny féin é sin, a Eoin, agus tuigeann ár gcara a bhí anseo ar ball beag é. Is measa ná cac muice é a bhfuil á chur iontu. Briodarnach amach is amach agus níl andúileach san áit ar fiú junkie ceart a thabhairt air nach n-aithníonn sin."

"Sea, ach mar sin féin, a Chillian, nárbh fhearr gan teacht salach ar Johnny? Tá's agat a bhfuil de bhruíonadóirí sa champa aige."

"Huth, is ríchuma liomsa faoina dhream bruíonadóirí. Tuigeann Johnny rud amháin thar aon ní eile: airgead. Agus, nuair atá meath ar an airgead atá ag teacht chuige, aimseoidh seisean bealach eile lena fháil."

"Ach nach hin díreach é, a Chillian! Nach hin é atá á rá agam leat. Cuirfidh sé na bruíonadóirí chugatsa agus cuirfidh sin deireadh le haon chomórtas ina choinne."

"An ceart agat, a Eoiní-boy, ach amháin go bhfuil cara sa chúirt agamsa."

Cuma na míthuisceana ar Eoin. Tugann Cillian sméideadh cinn eile i dtreo an chailín dhathúil thíos.

"Carole," ar sé, "is mó ná a háilleacht a dhéanann mé a mhealladh, a bhuachaill. Dé réir mar a thuigim uaithi sin, tá Johnny ag breathnú ar na féidearthachtaí maidir le huisce a dhíol ag na raveanna."

"Uisce?"

"Sea, a Eoin, uisce."

É soiléir ar éadan Eoin nach mó a dhath é a thuiscint ná mar a bhí.

"A Eoiní-baby, breathnaigh! Beagáinín taidhleoireachta ó mo thaobhsa de, bréag-mholadh anois is arís agus cuma an mhaidrín láthaí orm i láthair Johnny agus ní thógfaidh sé mórán orm a chur ina luí air gurbh fhearr dósan dul go huile agus go hiomlán leis an uisce agus gnó salach na ndrugaí a fhágáil fúmsa. É i bhfad níos glaine mar ghnó dósan agus é ina úinéir ar an áit seo. Ach neart airgid ann dó i gcónaí, céatadán den díolachán eile aige uaimse 's gan ach an fridín is lú den chontúirt ag gabháil leis dósan."

"Sea, a Chillian, ach go réalaíoch —"

"Go réalaíoch tada, a bhuachaill. Go réalaíoch faoi láthair, a Eoiní-baby, tá buinneach d'ábhar á dháileadh ag Johnny, cuma an é *E* nó heroin nó crack atá i gceist. Féach mar atá a chuid féin ag teacht chugamsa ag lorg a gcuid fixeanna cheana féin. Fan go bhfeice tú — ní fada eile nó go dtuigfidh sé féin céard é is fearr le déanamh." Leis sin, pléascann Cillian amach ag gáire agus déanann Eoin aithris air.

"Beidh borradh faoin ngnó, a Eoiní, agus beidh fear cúnta cumasach uaimse, má thuigeann tú leat mé. D'fhéadfá á rá, a bhuachaill, borradh aisteach agus sinn ar mhuin na muice lena mbeidh de fhreastal le déanamh orthu siúd thíos."

Agus breathnaíonn siad beirt ar a chéile, déanann gáire arís eile, ansin díríonn a n-aire ar an slua thíos. Na soilse ag rothlú leo, an ceol ag pumpáil leis agus an uile ní faoi réir Chillian thuas ...

* * *

An taobh eile den chathair. Séimhe sa cheol i mbeár cúil chlub oíche an Esquire, áit a bhfuil Breandán agus Amy ina suí ag bord. É ag druidim leis an dó a chlog ar maidin 's gan fágtha san áit ag an bpointe seo ach triúr nó ceathrar eile. Breandán súgach go maith faoi seo, d'ainneoin béile a bheith ite acu níos luaithe san oíche. Ní haon tóir ar an damhsa a thug chuig an gclub iad ach fonn orthu fad a chur leis an oíche. Ní cás do Bhreandán ar chor ar bith é gur inis sé an bhréag lom úd d'Eithne ar an bhfón ar ball. Ní hé go dteastaíonn uaidh a bhean a ghortú, ach ní hann a thuilleadh don bhíogúlacht úd a d'airiódh sé ina taobh tráth. Bheadh sí ina codladh faoi seo, ar aon chaoi, 's gan a fhios aici a dhath faoina bhfuil ar siúl aige. Bheadh sin dona a dhóthain ach, dá mbeadh a fhios aici faoin ngreim atá ag Eoin air, bheadh cúrsaí ina gcac muice ceart. Smaoiníonn sé soicind ar Eoin — Eoin agus a bhfuil ar siúl aige ...

Mad Benny's agus an ceol go ropánta raspanta. Eoin ina aonar ag an mbord ar léibheann an dara hurlár anois. É ag breathnú anuas ar Chillian agus Carole 'gus iad ag damhsa leo. Cuid dheireanach na cainte idir é agus Cillian á tabhairt chun cuimhne arís aige ...

"Tá mé á rá leat, a Eoiní — mo chustaiméirí féin, custaiméirí Johnny a thiocfaidh chugam i ndiaidh an tsocraithe agus fáil agamsa ar feadh an ama ar stocanna agus ar shaotharlann an tseanleaid sa mbaile. Tá mé — táimid — away leis, 'sé sin le rá má bheartaíonn tú teacht isteach air. Agus do chuid fixeanna uile saor in aisce agat féin, cuma céard air a bhfuil tú. Céard a deir tú, huth? An bhfuil tú liom nó nach bhfuil?"

"Jees, a Chillian, níl 's agam. Beidh tamall uaim chun mo mharana a dhéanamh air."

"Do mharana! Bhuel, ná caith ró-fhada leis, a bhuachaill, nó beidh an deis imithe ort. Tá mé á rá leat, ní tada é an méid suarach sin atá á bhaint as do sheanleaid agat le hais an méid a gheobhaidh tú as seo. Céard a fhaigheann tú uaidhsean, huth? Trí chéad?"

"Céad caoga."

"Aon chéad-bleedin'-caoga! Níl tú dáiríre! A Chríost, ní bhacfainn mo thóin leis sin mar iarracht. A deich n-oiread ar a laghad in aghaidh na seachtaine a gheobhaidh tú as seo, a bhuachaill. Déan do mharana air, más ea, ach ná caith ró-fhada leis mar chinneadh. Fear cúnta atá uaimse, cuma an tusa nó duine éicint eile é."

Breathnaíonn Eoin i dtreo na beirte thíos arís agus, den ala sin, breathnaíonn Cillian aníos air sin. Caochann mac an phoitigéara leathshúil lena chomrádaí thuas agus déanann a ordóg a chuimilt go fraochta in aghaidh méara na láimhe. Tuigeann Eoin gur ag béimniú an airgid atá Cillian athuair. Cuimhne ar a mháthair ar chúl a chinn aige i gcónaí, ach tá a fhios aige ina chroí istigh an cinneadh a dhéanfaidh sé ar deireadh.

* * *

Corraíonn Eithne sa leaba, casann ar a cliathán agus dearcann ar uimhreacha dearga neonacha an chloig le hais na leapa. 3.13am. A fhios aici nach bhfuil Breandán tagtha chun a' bhaile fós — caithfidh gur i dtigh Joe a d'fhan sé ina dhiaidh sin féin, a shíleann sí. Tagann Eoin chun a scamallchuimhne.

Í tuirsithe ag an iarracht le hEoin. Tuirseach den easpa tacaíochta. Ní cuimhin léi é a chloisteáil ag teacht isteach. Cuimhne dheireanach na hoíche aici is ea go dtáinig Sinéad go ciumhais na leapa chuici agus muga cócó aici di.

Sracfhéachaint eile i dtreo an chloig. É 3.15am faoi seo agus, an babhta seo, tugann sí an muga folamh faoi deara le hais an chloig. Meascán den chodladh agus den easpa fuinnimh a chuireann uirthi fanacht faoi theas na cuilte ar deireadh. Is cinnte go bhfuil Eoin istigh faoi seo, ar aon chaoi, a shíleann sí. Casann sí arís sa leaba agus tarraingíonn an chuilt aníos thar na guaillí uirthi féin.

7

Déardaoin, 7.30am. An fón ag cnagadh leis i dTigh Joe Ryan 's gan aon fhreagra air. Ba chuma ach tá an oiread sin ama caite ag Eithne ag cuardach na huimhreach san eolaire teileafóin. Leathanach i ndiaidh leathanaigh de Rianacha agus neart Joeanna ina measc. Í trína chéile toisc nach bhfuil tásc ná tuairisc ar Eoin. Ní hin amháin é ach tá breis agus leath den bhuidéal úr Meiteadóin a fuair sé sa chlinic arú inné imithe cheana féin.

Í ag stánadh anois ar an mbuidéal áit a sheasann sé ar bhord na cistine. Buidéal líotair, agus cé nach mbíonn istigh ann ach 700ml in aghaidh na coicíse, ní beag é 350ml a bheith glactha aige in imeacht lae. Más glactha aige atá. 50ml in aghaidh an lae atá dlite dó a thógáil. Ní hé go bhfuil sí ag súil go ndéanfaidh Breandán mórán faoi sin ach, mura ndéanfadh sé ach cluas na héisteachta a thabhairt di, b'fhiú sin féin i ndiaidh na hoíche atá curtha di aici. Í díreach ar tí an glacadóir a chur uaithi arís nuair a fhreagraítear.

"Heileo."

"Heileo, a Joe. Eithne Uí Fhloinn anseo, bean Bhreandáin. Tá brón orm glaoch ort chomh luath seo ar maidin. Tá mé cinnte go raibh tú ar an leaba fós."

"Muise, a Eithne, ní raibh ná baol air. Amuigh sa gharáiste a bhí mé, mar a tharlaíonn. Sin é a chuir moill orm ag freagairt an fóin."

"Bhuel, bail ó Dhia ort mura tú atá cruógach."

"Níl tú a' rá liom go bhfuil an fear sin agatsa ar an leaba

i gcónaí, an bhfuil?"

Baineann an cheist siar as Eithne.

"Breandán?"

"Bhuel, cé eile, mura bhfuil sé curtha chun bealaigh ar fad agat agus fear nua ar an bhfód," agus déanann Joe gáire croíúil agus é á rá.

"Ach nach ansin leatsa atá sé?" ar sí.

"Liomsa!"

"I ndiaidh na hoíche aréir atá mé a' rá."

Gáire neirbhíseach ar Joe an babhta seo. "An oíche aréir, a Eithne?"

"Sea, nach leatsa a d'fhan sé i ndiaidh chóisir na foirne?"

"Cóisir! Míthuiscint éigin atá ort, ní foláir, a Eithne. Is anseo sa bhaile a bhí mise ar feadh na hoíche. Caithfidh go raibh sé i gcuideachta roinnt eile den bhfoireann. An bhfuil tú ag rá nár tháinig sé abhaile ina dhiaidh?"

Eithne ina stumpa balbh agus í ag éisteacht leis seo. Joe féin — rud nach eol d'Eithne — gan mhaith chomh maith, mar, ní túisce as a bhéal é ná tagann amhras éigin air. É tugtha faoi deara aige le déanaí go bhfuil rud beag éigin idir Breandán agus Amy na scoile.

"N'fheadar, a Eithne! Seans gur i dtigh duine éigin eile den bhfoireann atá sé. Ar luaigh sé cé a bhí leis?"

"Bhuel, luaigh sé tusa, a Joe, agus Liam agus Maidhc agus roinnt eile den bhfoireann."

"Ah, sin agat é, más ea! I dtigh Mhaidhc nó Liam atá sé, ní foláir."

"Sea! Sea, caithfidh gurb ea." Cuma fhann ar Eithne agus í á rá. Ach ansin músclaíonn sí í féin agus cuireann cuma na dearfachta ar a glór. "Ach breathnaigh, a Joe, brón orm arís cur isteach ort chomh luath seo ar maidin," ar sí. An chiotaí á hardú ina hintinn, ina croí, ina glór. "Fé ... féach, bíodh ... bíodh Nollaig mhaith agat, a Joe ... agus ag an gcúram." Agus, leis sin leagann sí an glacadóir uaithi.

Suíonn sí chun boird athuair. Í féin agus an buidéal donn os a comhair amach. Iad mar a bheidís ag breathnú ar a chéile. Physeptone priontáilte go dána ar lipéad an bhuidéil. Ceann de phríomh-bhrandaí an Mheiteadóin, más fíor an méid a d'inis an comhairleoir di. Anois go mbreathnaíonn sí go grinn air, feictear di gurb ar éigean atá an 200ml fágtha ann, gan trácht ar 350. É dona go leor go bhfuil air é a ghlacadh, ach an ró-mhéid seo. 500ml glactha aige in aon lá amháin, más ea! Nó an á dhíol le handúiligh eile atá sé? Nár lige Dia gurb ea. Agus, go deimhin, más hin é an scéal, is measa i bhfad eile fós é.

Plabadh dhoras an chairr lasmuigh a ghriogann as an gcuimhne í. Breandán. Buíochas le Dia. Éiríonn sí, deifríonn amach sa halla agus osclaíonn doras an tí fána choinne.

"A Bhreandáin," ar sí d'osna, agus caitheann sí an dá lámh timpeall air. Ní hé go mbraitheann sí borradh úr ceana ina thaobh — ní hea, go deimhin. Ach, ar chúis éigin, airíonn sí idir thacaíocht agus fhaoiseamh toisc é a bheith tagtha ar deireadh. É failleach maidir lena dhearcadh i dtaobh fhadhb Eoin ón gcéad lá riamh ach, mar sin féin, in am an ghátair, is fearr é ná duine ar bith. Corp Bhreandáin righin i lámha Eithne — é deacair air a bheith ceanúil ina taobh. Ar bhealach aisteach, is dócha gurb iarsma éigin den uaisleacht ann é sin. Tá dóthain den chur i gcéill á imirt aige uirthi cheana féin gan cur leis ar an dóigh sin.

"Buíochas le Dia go bhfuil tú tagtha ar deireadh," a

deir sí, de shraith fhada fhraochta fhoclach. "D'imigh Eoin leis chun na cathrach tráthnóna inné agus níor tháinig sé abhaile ar chor ar bith aréir. 'S ansin d'aimsigh mé an buidéal Meiteadóin le hais na leapa agus níl fágtha ann ach an beagán ar fad agus —"

"Stop, a Eithne," arsa Breandán léi go borb grod, agus brúnn sé amach uaidh í, ach coinníonn greim daingean ar na guaillí uirthi ag an am céanna. "Stop," ar sé den dara huair, é rud beag níos séimhe agus é á rá an babhta seo. Trua aige di ina chroí istigh ach é faoi riar ag a rún dorcha féin. A fhios aige go ndéanfadh sin í a scrios ar fad dá mbeadh a fhios aici é.

"Anois," ar sé, "isteach linn agus tig leat é seo a insint dom go réidh ciallmhar."

Í ciúnaithe anois. "Sin é anois é," arsa Breandán, agus stiúraíonn sé isteach i dtreo na cistine arís í.

Ise ina suí ag an mbord arís eile agus Breandán ag útamáil le téad an chitil leictrigh. Í ag smeacharnach beagáinín, ansin tosaíonn sí ar an insint athuair. Insíonn sí an uile ní dó — faoin gcomhrá a bhí aici le hEoin an tráthnóna roimhe sin, faoi mar a dúirt sé go raibh sé ag dul ag casadh ar Chillian, faoin damhsa agus mar sin de. Breandán ag éisteacht leis an insint agus a fhios aige go bhfuil sé féin i lúbra na mímhacántachta — é gach pioc chomh mí-ionraic le hEoin, nó níos measa fós, go fiú. É ar a dhícheall greim a fháil ar thráithnín gaoise éigin a dhéanfadh Eithne a chur ar a suaimhneas. Splanc chuige agus ar sé:

"Ah, ar ndóigh, Cillian! Nach hin é é! I dtigh Chillian atá sé, gan amhras."

Gealadh anois ar éadan Eithne, rud a aithníonn

Breandán láithreach. An baol go gceisteofaí eisean faoina eachtraí féin san oíche aréir maolaithe roinnt anois, dar leis.

"Meas tú, a Bhreandáin?"

"Ora cinnte, céard eile ach é, huth? Sin é atá ann. Nach bhfuil a fhios agat é! Déagóirí, lá deireanach na scrúdaithe, beagáinín spraoi san ardchathair agus ar ais go tigh Chillian. Sin é é, gan dabht ar bith."

An faoiseamh níos léire fós anois ar éadan Eithne. Sea, tá an ceart ag Breandán, ar ndóigh, a shíleann sí. Sin é an áit ina bhfuil sé.

"Ar ndóigh, tá an ceart agat, a Bhreandáin," ar sí. "Cuirfidh mé glaoch ar thigh Chillian," agus déanann sí ar an bhfón sa halla agus í á rá.

"Mac Raghnaill, Mac Raghnaill, Mac Raghnaill," de chantaireacht uaithi agus liosta na n-ainmneacha san eolaire teileafóin á mhéarú aici. An chuma uirthi anois go bhfuil ualach na buartha bainte di. Leagann sí lámh ar bhéal an ghlacadóra agus casann ar ais i dtreo Bhreandáin.

"Cad tuige nár chuimhnigh mé air sin, a Bhrennie?"

Gan smaoineamh a thugann sí Brennie air. Caithfidh go bhfuil sé cúig nó sé de bhlianta ó ghlaoigh sí sin air — nó níos faide siar ná sin, go fiú. Ón halla amuigh, breathnaíonn sí air agus é ag trasnú urlár na cistine nó go n-imíonn sé as amharc arís uirthi. Ar chúis éigin, airíonn sí go bhfuil rian den fhear ar thit sí i ngrá leis breis agus scór bliain ó shin le sonrú air. Dearmad glan déanta aici go fóill ar eisean a bheith as baile thar oíche chomh maith. Ach ní cás léi sin. Le duine dá chomhghuaillithe a bhí seisean. Ach Eoin. Go fiú más i dtigh Chillian atá sé, tá ráite leis an míle uair féin glaoch teileafóin a chur am ar bith go mbíonn moill air chun a' bhaile. Riail eile fós a d'imigh le gaoth ó thit fadhb seo na ndrugaí anuas orthu.

An fón ag bualadh leis i dTigh Mhic Raghnaill is gan aon fhreagra air. Breandán tagtha a fhad le hEithne sa halla. Leagann sí uaithi an glacadóir agus, den dara huair, cuireann sí a dá lámh timpeall ar a fear céile. Déanann seisean amhlaidh léi-se chomh maith agus fáisceann chuige í. Ach is le trua di amháin a dhéanann sé sin. Gníomh tacaíochta.

"B'fhéidir go bhfuil siad go léir imithe chun na hoibre cheana féin, a Eithne. Seans go bhfuil Eoin ar an mbealach anonn chugainn ag an bpointe seo."

"Seans," ar sí, ach é le haithint ar a glór go bhfuil an dóchas imithe beagáinín i ndísc uirthi athuair.

"Seo seo, bíodh cupán caifé againn istigh," arsa Breandán, agus treoraíonn sé i dtreo na cistine arís í.

Eisean ag líonadh an chitil agus Eithne ina suí ag bord na cistine fós eile. Airíonn sí gur ina suí ag an mbord céanna a chaitheann sí cuid mhaith dá ham le tamall anuas — ag smaoineamh, ag múscailt na gcuimhní, ag cíoradh na ceiste. Ardaíonn sí an buidéal mallaithe arís eile.

"Phy," ar sí.

"Céard deir tú, Eithne?"

"Phy. Sin é a thugann na handúiligh air, an bhfuil 's agat. Ní bhacann siad leis an ainm a rá ina iomláine riamh, is cosúil. An rud gearr acu leis an uile ní. An bealach is tapúla i gcónaí, díreach mar a dúirt an comhairleoir linn an chéad lá riamh."

Déanann an tagairt seo don chomhairleoir Breandán a ghriogadh beagán. An ceann faoi air. A fhios aige go maith gur lú ná páirt iomlán atá glactha san iarracht aige. Tagann sé chun boird agus suíonn os comhair Eithne.

"Phy, an ea?" ar sé, agus ardaíonn sé an buidéal agus é á rá. Is í seo an chéad uair dó an buidéal a fheiceáil, go fiú. "Physeptone," ar sé ansin agus léann mion-sonraí an lipéid. "Mmm, Gréigis, is dócha!" Ar mhaithe le rud a rá agus ruaig éigin a chur ar an náire a deir sé sin.

"Céard é féin?"

"Physeptone, 'Eithne — is Gréigis é, is dócha."

"Gréigis! Ó, sea, is dócha é. Gréigis."

Leathgháire uirthi ina dhiaidh nuair a chuimhníonn sí mar a nochtann féith an mhúinteora é féin i mBreandán, go fiú sa mbaile. Ba mhór léi sin ann tráth.

"Sin é an stuif, más ea."

"Sea, sin é é, a Bhreandáin ... más ea." Gan binb an tsearbhais i gcaint Eithne caillte air.

"Hmm!" ar sé, agus leis sin tugann clic lasc an chitil leithscéal dó ciotaí an chomhrá a bhriseadh. Éiríonn sé agus gluaiseann trasna an urláir.

"Tae nó caifé?" ar sé.

"Hmm?"

"Tae nó caifé a bheidh agat."

"Ó, ní bhacfaidh mé le ceachtar acu. Tá's ag Dia go bhfuil mé tinn tuirseach dá leithéidí lena bhfuil glactha agam díobh le tamall de sheachtainí anuas."

Tagann Breandán a fhad leis an mbord arís agus suíonn. An chiotaí chéanna úd ag cur as dó i gcónaí.

"Ba chóir duit bualadh amach istoíche ó am go chéile, a Eithne. Tugaim faoi deara go bhfuil tú ag fanacht sa bhaile gach uile oíche."

Breathnaíonn sí air. A laghad tuisceana atá aige ar an gcás ina bhfuil sí ina dhiaidh sin agus uile. A laghad iarrachta atá déanta aige an tuiscint sin a aimsiú.

"Ní thig liom a bheith ag dul amach. Tá an oiread sin náire orm toisc a bhfuil tarlaithe."

"Ach ní haon chúis náire dúinne é. Tarlaíonn sé sna clanna is deise — nach ndúirt an comhairleoir féin é sin linn?"

Stánann Eithne air. Tá géire bhinbeach san amharc céanna. A leithéid de dhánacht aige agus an comhairleoir a lua, a shíleann sí. Faraor nár thug sé aird éigin uirthi roimhe seo. Ach maolaíonn ar an amharc. B'fhéidir go bhfuil casadh taoide ann ar deireadh, a shíleann sí anois.

"Céard faoi Ruth? Is cara mór i gcónaí leat í Ruth. Nó Anna? Tá tú an-mhór le hAnna."

A laghad a thuigeann an fear, go deimhin. Gan aon fheabhas tagtha ar an mbearna sin a airíonn Eithne le hAnna ó d'fhill a deirfiúr as Meiriceá. Agus níl sin, go fiú, tugtha faoi deara ag Breandán.

"I ndeireadh na dála," ar sé, "is í do dheirfiur í, 's mura bhfuil cúis ar bith eile agat le cuairt a thabhairt uirthi, nach leor sin mar chúis? Ach, cuma cé a roghnaíonn tú, caithfidh tú deis chaidrimh a bheith agat le duine éigin."

Ní túisce as a bhéal é na tuigeann sé a bhfuil ráite aige. Géire an dearcaidh úd arís aici leis. Má tá sé dlite ar éinne caidreamh a dhéanamh léi nach é Breandán féin an duine sin? Teannas iontu beirt, tamall ciúnais agus goimh ag fás ina nimh in intinn Eithne. Ach, leis sin, cloistear gliogar eochrach i nglas an dorais tosaigh. Nascann súile na beirte dá chéile.

"Sin é anois é," arsa Eithne. "Tá a fhios ag Dia go mbainfidh mé splancacha as an mbuachaill céanna."

Bonn láithreach leagann Breandán a dheasóg anuas ar leathlámh Eithne. "Socair, socair anois, a Eithne. Ní dhéanfaidh sin aon mhaith, ach a mhalairt ar fad. 'Nois fág fúmsa é. Ceart go leor?"

Gan focal aisti ach croitheadh dá cloigeann. Déanann Breandán an leathlámh a fháscadh beagán lena dheasóg, ansin éiríonn agus déanann ar an halla.

8

Droim Eoin le Breandán agus an t-ógánach ar a dhícheall doras an tí a dhúnadh go bog le nach gcloisfí ag teacht isteach é. Breandán ansin ag faire air 's gan a fhios aige féin go cinnte céard é go baileach a déarfaidh sé leis an mac seo. É i mbarr a chuimhne aige go bhfuil greim nach beag ag an bhfear óg céanna air. Eoin díreach ag casadh i dtreo bhun an staighre nuair a fheiceann sé crot Bhreandáin amach roimhe. Baintear siar as ar dtús, ach, nuair a fheiceann sé gurb é an t-athair atá ann, níl an cás baileach chomh holc agus d'fhéadfadh sé a bheith. Na súile i gceangal ar a chéile, díreach mar a bhí ag Breandán agus Eithne sa chistin ar ball beag. Ach, ní hé an bunús céanna atá leis an gceangal áirithe seo. Sméideann siad beirt i dtreo an léibhinn thuas ag an am ceannann céanna. Aghaidh á tabhairt ag Eoin ar an staighre cheana féin nuair a chúlaíonn Breandán soicind. Siar chun na cistine leis 's ní dhéanann sé ach leathghualainn a chur le hursain an dorais.

"Anois, fág fúmsa thuas é, a Eithne," ar sé, de chogar. "Bailigh tusa amach leat go tigh Ruth nó áit éigin. Nó ar shiúlóid, go fiú. Déanfaidh sé do leas beagán den aer úr a ghlacadh."

Eithne géilliúil inti féin ag an bpointe seo. Ualach éigin bainte di, ar bhealach, a airíonn sí. Feictear di go bhfuil casadh suntasach ar dhearcadh Bhreandáin, go fiú más mall féin é. Is mór léi an méidín beag tuisceana seo. Faitíos uirthi a bheith dóchasach ach, d'ainneoin sin féin, tá fannléas an dóchais inti. Croitheann sí a ceann, éiríonn agus baineann a cóta mór den gcrúca ar chúl dhoras na cistine.

"Sin é é, a Eithne. Is fearr sin ná tú a bheith i do shuí ansin i do phleist ainnise."

Cuireann sé leathlámh timpeall uirthi agus treoraíonn go dtí an doras tosaigh í. Agus amach léi.

Agus Breandán ag druidim leis an léibheann ag barr an staighre anois, cloiseann sé an geata á dhúnadh lasmuigh. Tá Eithne as an mbealach. Doras sheomra Shinéid ar leathadh beagán ag ceann an léibhinn. Sánn Breandán a chloigeann idir ursain agus doras agus feiceann sa leaba í. Í ina tromchodladh 's gan aon chosúlacht uirthi go ndúiseoidh sí go ceann tamaill mhaith fós. Cúlaíonn sé arís, druideann an doras chun dúnta ina dhiaidh agus tugann aghaidh ar an doras ag ceann eile an léibhinn — doras Eoin. É sin dúnta go daingean cheana féin. Rap-cheol friochanta fraochta ar siúl istigh. Breandán in ann buillí troma an cheoil a aireachtáil go tonnchreathach i gcláracha adhmaid an urláir faoi bhoinn na gcos air. An ceol ag pumpáil leis go rithimeach rabhartach. Tagann sé a fhad leis an doras agus tá ar tí cnag a bhualadh air nuair a stopann sé. Céard tá sé ag dul a' rá istigh? Céard é is féidir leis a rá, dáiríre? Ní hé go bhfuil aon bhuntáiste aigese sa chás seo. A mhalairt ar fad atá fíor, go deimhin. É i mbarr a chinn aige i gcónaí go bhféadfadh Eoin é a scrios dá mba thoil leis sin a dhéanamh.

Cnagann sé ar an doras ach is ar éigean a chloiseann sé féin mar chnag é, gan trácht ar Eoin atá i gceartlár an fhuililiú istigh. Cnag eile uaidh, casann an murlán agus brúnn isteach an doras an babhta seo. An áit ina leathdhorchadas istigh. Cumhrán túise ar an aer chuige láithreach. Coinneal ar lasadh cois na leapa ag Eoin agus scáthanna diamhra á gcaitheamh ar an tsíleáil ag solas na bladhma. Soicind nó dhó sula dtéann céadfaithe Bhreandáin i dtaithí ar an meascán neamhghnách idir shoilsiú 'gus fhuaim 'gus bholadh. Spúnóigín beag airgid ar bharr an taisceadáin le hais na leapa an chéad rud cinnte a dhéanann Breandán ciall de. Bladhm na coinnle ag damhsa ar rian an fhliuchrais atá ar bholg na spúnóige. Ansin, aimsíonn a shúile Eoin. A dhroim leis an athair aige. É cromtha ar chiumhais na leapa agus lán a airde dírithe ar an tsnáthaid atá á sá isteach i bhféith lúb na huillinne aige. É go huile agus go hiomlán beag beann ar Bhreandán a bheith ann, go fiú. Druideann an t-athair chuige agus, 'gus é díreach ar tí beannú dó, feiceann sé a bhfuil ar siúl ag a mhac. Baintear stangadh turraingeach as ar fheiceáil na snáthaide dó — an ghiuirléid ghránna seo á sá isteach ina fheoil féin ag a mhacsa. I ngan fhios dó féin a labhraíonn Breandán.

"A Chríost!" ar sé, agus cúlaíonn i dtreo an dorais athuair. Casann Eoin de gheit.

"A Dhaid! Céard sa frig atá á dhéanamh agatsa anseo?" Agus, den ala sin, déanann an t-ógánach an tsnáthaid a stoitheadh as an bhféith agus radann sé isteach faoin bpiliúr é.

"Céard é sin agat ansin, a Eoin?" Creathán ar ghlór Bhreandáin agus é á fhiafraí sin.

Aithníonn Eoin an neirbhíseacht ar an athair. Níl sé féin thar mholadh beirte ach an oiread i ndiaidh do Bhreandán breith air mar a rinne, ach tuigeann sé go mbeidh an lámh in uachtar á géilleadh dá Dhaid aige má ligeann sé dó é sin a aithint air. Músclaíonn sé a mhisneach, breathnaíonn go dána idir an dá shúil ar an athair agus radann a lámh isteach faoin bpiliúr arís. Leis sin, tarraingíonn sé an steallaire amach athuair agus ardaíonn os comhair a shúile féin é.

"É seo? É seo, a Dhaid! Tugtar steallaire air." Alltacht ar Bhreandán is é ag éisteacht leis — lena bhoirbe, lena dhánacht. Agus tá ag éirí thar cionn le hEoin cuma na neirbhíseachta a chur de.

"Agus a bhfuil istigh ann, a Dhaid," agus brúnn sé ar loine an steallaire agus é á rá. Steancann scaird chúng leachta aníos as súil na snáthaide agus cúlaíonn an t-athair siar níos faide fós. Leithne gheata ar shúile Bhreandáin anois. "Sin heroin, a Dhaid. Smack." Aon-dó — dhá phreab i ndiaidh a chéile á mbaint as Breandán ar chloisteáil an dá fhocal 'heroin' agus 'smack' dó. Ach, dá ainneoin sin, músclaíonn sé an misneach ann féin agus, de chasadh boise, beartaíonn ar chúl a thabhairt ar an alltacht atá air. Aithníonn Eoin sin ar shúile Bhreandáin agus cinneann sé féin an nimh a bhaint as an rún sin aige sula n-éiríonn an t-athair ró-chinnte de féin.

"Sin é, a Dhaid," ar sé go mall dúshlánach. "Sin é a cheannaímse leis an aon chéad caoga euro sin a chuireann tú sa bhanc dom chuile sheachtain."

Díbrítear misneach Bhreandáin ar an toirt agus ina áit anois tá an éiginnteacht úd a bhí le feiceáil air ar ball. Feiceann Eoin chomh maith agus a bhaineann sin siar as Breandán agus síleann sé an scian a shá go feirc ag an bpointe seo.

"Tá a fhios agat, a Dhaid, an céad caoga atá i gceist agam, nach bhfuil? Tá's agat! É sin nár mhaith leat go ndéarfaí tada faoi — huth! Agus tá a fhios againn beirt go diabhlaí maith cén fáth sin, nach bhfuil, a Dhaid?"

Croitheann Breandán a chloigeann, é liathbhán san éadan ag a bhfuil de shearradh bainte as. Tagann sé ar aghaidh go mall agus íslíonn é féin ina chnap ar chiumhais na leapa. É in umar na haimléise ar fad faoi seo.

"Bhuel, ní leor a thuilleadh é, a Dhaid."

Turraing bhinbeach ina chroí ag Breandán é na focail sin a chloisteáil ag a aonmhac. É deacair dó a chreidiúint go ndéanfadh a mhac féin seo air.

"Ní ar thada a fhaightear an stuif seo, bíodh a fhios agat. Ní fiú smugairle é an céad caoga sin, go háirithe agus mé anois ag brath níos minice ar an heroin chun mé a tharraingt anuas den *E*."

Uafás ar Bhreandán ach a fhios go maith aige gurb é féin, cuid mhaith, is cúis leis an tsáinn ina bhfuil sé. Tá faitíos air roimh a bhfuil le teacht a chloisteáil.

"Dhá chéad caoga — sin a bheidh ag teastáil feasta chun leath-fhreastal, go fiú, a dhéanamh ar an nós seo agamsa."

"Ach, a Eoin, a mhic, cuimhnigh ar a bhfuil á dhéanamh agat. Samhlaigh an scrios a dhéanfaidh seo ort féin, nó, níos measa fós, ar do mháthair bhocht. In ainm Dé!"

"Dhá chéad caoga, a Dhaid."

"Ach, a Chríost, a Eoin, tá mé ag tabhairt ranganna tionchaisc cheana féin chun an aon chéad caoga a thuilleamh."

"Dhá chéad caoga, a Dhaid. Go fóill beag, ar aon chaoi."

"Go fóill beag?"

"Bhuel, cá bhfios mar a bheidh amach anseo. Géarú ar an nós, ardú i bpraghas an stuif — ní bheadh a fhios agat leis seo ó lá go lae. Ach, ag an bpointe seo, déarfainn go bhfuil dhá chéad caoga réasúnta — nach gceapfá?"

"Réasúnta!"

Ní hé 'réasúnta' an focal is túisce a thagann go hintinn Bhreandáin mar chur síos ar a bhfuil ar siúl anseo. Fonn air ladráil mhaith a thabhairt don dúmhálaí beag seo de shlíomadóir atá mar mhac aige. Ach ní dhéanfadh sin ach cur leis an donas, mura ndéanfadh sé an bastardín a mharú amach 's amach. A Chríost, sin í an uair a bhfeicfí toradh na míchéille. An cloigeann crochta aige agus é ina shuí ar chiumhais na leapa i gcónaí. Osna mhór fhada uaidh.

"Maith go leor." Go híseal géilliúil a deir Breandán sin.

"Céard é féin, a Dhaid?" A fhios acu beirt go bhfuil sé cloiste ag Eoin an chéad uair ach is iarracht shleamhain ag Eoin é seo ar spiorad Bhreandáin a bhriseadh. Tá a fhios aige, má éiríonn leis é a bhriseadh ag an bpointe seo, go mbeidh sé in ann an diabhal ar fad a dhéanamh air am ar bith is mian leis feasta.

"Maith go leor, a dúirt mé." Gan oiread agus fuinneamh na feirge sa chaint aige an uair seo.

"Ó, maith go leor, a deir tú, an ea, a Dhaid? Bhuel, cibé a deir tú féin, más ea." Téann searbhas agus cruálacht Eoin dian ar Bhreandán.

"Anois, a Dhaid," arsa Eoin, mar bhuille deiridh ar fad, "féach chuige go ndúnann tú an doras ar an mbealach amach duit, mar a dhéanfadh fear maith."

An t-athair briste aige. Éiríonn Breandán. Fonn air briseadh amach ag caoineadh ach 'sé iarsma deiridh an fhéinmheasa ann a chuireann cosc air sin a dhéanamh.

Breandán ar an léibheann arís lasmuigh de sheomra Eoin. É deacair dó a chreidiúint gur fíor an méid atá tarlaithe le roinnt nóiméad anuas. A mhac féin. Ach a fhios aige gur chuir sé féin leis an tuaiplis. Ardú sa rap-cheol istigh a ghriogann anois é. Bogann sé i dtreo an staighre agus tosaíonn ar é a thuirlingt. Leathbhealach síos dó sea a fheiceann sé Eithne trí ghloine an dorais tosaigh. A Chríost, céard a déarfaidh sé léi sin ar chor ar bith? De dheifir, baineann sé a chóta mór den gcrúca ag bun an staighre sula n-osclaíonn sí an doras.

"A Bhrennie," ar sí, ar shiúl isteach di, "cá bhfuil tú ag dul?"

"Amach."

Amach, a shíleann sí. Dá dtabharfadh páiste freagra mar é cheapfaí é a bheith glic nó dána. Ach ansin, de chogar agus na súile á n-ardú i dtreo an léibhinn ag Eithne: "Cén chaoi ar éirigh leat thuas?"

"Ó ... eh, maith go leor, is dócha. Féach, neosfaidh mé sin duit ar ball. Fág mar atá go fóill idir cheol agus eile. Tá sé ina chodladh ar aon chaoi. Feicfidh mé ar ball tú," ar sé, agus seasann sé amach thar thairseach.

"An mbeidh tú ar ais faoi am lóin, a Bhreandáin?"

"Am lóin!"

"Sea, lón! Tá tú ar saoire, nach bhfuil?"

"Ó! Sea, saoire! Sea, tá. Eh, breathnaigh, tá mé ag dul sall go Tigh Joe Ryan go ceann tamaill. Rud nó dhó a chaithfidh mé a phlé leis, tá's agat féin."

Cloisteáil ainm Joe Ryan a ghriogann cuimhne Eithne.

"Ó, dála an scéil," ar sí, "céard a tharla duit aréir? Cár fhan tú?"

Casann Breandán. É de theacht aniar aige i gcónaí an bhréag lom a insint.

"I dTigh Joe, ar ndóigh. Cá háit eile ach é!" Agus plabann an doras ina dhúnadh ina dhiaidh.

9

Eithne gan mhaith ar feadh tréimhse na Nollag. An t-ardú meanman úd a d'airigh sí nuair a shíl sí go raibh Breandán chun cúram athar, cúram céile a iompar — tá sin dubh-dhíbeartha ar fad faoi seo. Lá Caille curtha díobh acu 's gan á thuar ag an mbliain úr di ach an duairceas agus an drochrud. Ní heol di splanc an dóchais ón lá sin roimh an Nollaig nuair ba léir di don chéad uair go raibh Breandán ag bréagadóireacht léi. Iontas uirthi ina dhiaidh nár aithin sí cheana é. Ach sin mar a bhíonn. Í ar feadh an ama, i ngan fhios di féin, ag cur ina luí uirthi féin gurbh é ba chúis le neamhshuim Bhreandáin i dtaobh chás Eoin — ina taobh féin, go deimhin — ná an aois ag a bhfuil sé nó ualach na hoibre scoile, nó rud éigin eile de mhíle rud a d'fhéadfadh a bheith ag luí air. Rud ar bith seachas an fhírinne a aithint. Agus is í an fhírinne chéanna, thar aon fhírinne eile, atá crua searbh. Thuigfeadh sí aon cheann díobh mar fháth seachas an mhídhílseacht.

D'ainneoin an easpa dóchais, tá misneach éigin atá ag seasamh di i dtréimhse seo an éadóchais. 'S cé a cheapfadh é, ach is í Sinéad, an té is óige sa chlann, is mó a thugann an misneach sin di. Í ina seoidín ó thit an drioll ar an dreall ar fad roimh cheiliúradh na Nollag. Ní hé go bhfuil aon rud sonrach inste ag Eithne di faoina bhfuil ag tarlú — airíonn sí go mbeadh sin mífhéaráilte ar ghirseach — ach, ar bhealach éigin, is léir tuiscint chuimsitheach a bheith ag an gcailín óg ar dheacrachtaí na máthar.

Níl smut ná rian de Bhreandán sa teach ón lá cinniúnach

úd a bhfuair Eithne amach faoin bhfeall a rinne sé uirthi. Agus is beag d'Eoin a fheictear na laethanta seo. Corr-oíche ar fad a chaitheann sé sa mbaile anois agus, go fiú, nuair is ann dó, is ina throid atá sé idir é agus Eithne. É ag géarú ar Eithne ar feadh an ama airgead a thabhairt dó. Agus leithscéal i ndiaidh a chéile aige ar cén fáth ar chóir di é a thabhairt dó. An uile mhaidin anois mórán mar a bhí an mhaidin seo féin —

"A Chríost, caithfidh mé airgead an bhus a bheith agam. Tá mé ag castáil ar mo chairde i lár na cathrach."

"'S cá bhfuil an triocha euro a tugadh duit maidin inné, a Eoin? An bhfuil tú á rá liom go bhfuil sin ar fad caite agat?"

"Á, a Mham, get real! Triocha euro! Ní tada é triocha euro. Bhí orm dul go dtí —"

"Ní raibh ort dul go háit ar bith, a Eoin. Seans gur roghnaigh tú dul go háit éigin, nó seans gur bheartaigh tú rud éigin a dhéanamh, ach ná bí á rá liomsa go *raibh* ort rud ar bith a dhéanamh."

Oiread agus an soicind féin de stangadh níor bhain casaoid Eithne as.

"Bhuel, caithfidh mé — caithfidh mé — dul fá choinne Phy inniu. An dtuigeann tú sin?"

"Phy! Inniu! Ach níl tú i dteideal buidéal eile Meiteadóin a bheith agat go ceann seachtaine eile fós. An 9ú lá d'Eanáir, sin é an chéad lá eile dó. Breathnaigh ar an bhféilire, a Eoin. Tá sé marcáilte go soiléir air."

"Triocha euro, a Mham, triocha! A Chríost, shílfeá gur míle a bhí á iarraidh agam ort. Triocha, sin an méid, agus beidh sé ar ais agat faoi dheireadh na seachtaine."

"Ar ais agam, a deir tú! 'S cá bhfaighidh tusa triocha

euro le tabhairt ar ais dom faoi dheireadh na seachtaine? 'S céard faoi thriocha an lae inné? Agus is ag Dia féin atá a fhios céard a tugadh duit an lá roimhe sin arís."

"Á, a Mham, caithfidh mé an Phy a fháil. Tá mé ag brath air. Tá a fhios agatsa go bhfuil mé ag brath air."

"Níl a fhios agamsa tada, a Eoin. Ar chaoi ar bith, cén chaoi a mbeadh Phy de dhíth ort faoi seo agus gan á ghlacadh agat ach 50ml in aghaidh an lae?"

"Thug mé roinnt ar iasacht do chairde liom a raibh a gcuidsean ídithe, agus beidh a n-oidis dochtúra siúd á líonadh inniu. Tá mé le castáil orthu lena bhailiú."

Ró-réidh a bhí na focail bhréagacha ag teacht chuig an mac céanna agus ba mhó ná riamh a bhí sin aitheanta ag Eithne le tamall anuas. Mac an athar gan aon agó.

"Agus céard le haghaidh an triocha euro?"

"Dúirt mé leat, a Mham — airgead an bhus."

"Airgead an bhus! Airgead an bhus, a Eoin. A Chríost sna flaithis, 's nach ngabhfá ó cheann ceann na tíre ar thriocha euro!"

"Agus cluiche snúcair, b'fhéidir, tá a fhios agat féin."

"Bhuel, níl a fhios agam féin, a Eoin. Agus ní chreidim tú. Ní chreidim briathar ar bith a thagann as do bhéal a thuilleadh."

Agus, sula raibh sé de dheis ag Eoin aisfhreagra ar bith eile a thabhairt, rinne Eithne lom díreach as an gcistin. In airde staighre léi go seomra Eoin agus d'aimsigh an buidéal Phy sa chóifrín cois leapa. É folamh tirim, diúgtha chun deiridh 's gan ach leath na tréimhse caite. Anuas an staighre léi agus an buidéal ina ciotóg aici, í le ceangal lena raibh d'fhearg uirthi. Gan roimpi, áfach, ar theacht isteach sa chistin di, ach a sparáinín beag leathair, é i lár bhord na cistine agus a bhéal ar lánoscailt. Doras cúil an tí ar leathadh 's gan rian d'Eoin le feiceáil in áit ar bith. Dhruid sí i dtreo an sparáin agus chonaic nárbh ann a thuilleadh don dá nóta úr scór euro a bhí aici. Agus b'in dul na maidine.

Eithne agus Sinéad ina suí ar tholg an tseomra suí. A lámha thar ghuaillí a chéile acu. Fallaing sheomra ar Shinéad agus úire a leicne ar aondath le bándearg an bhaill éadaigh chéanna. Tarlúintí na maidine inste ag Eithne dá hiníon agus go leor eile nach iad. Iontas uirthi chomh réidh ar deireadh agus a bheartaigh sí an glaoch a chur ar na Gardaí, ach í sásta leis an gcinneadh atá déanta aici. A mac féin á chúiseamh aici. Ar bhealach, is géilleadh é, ach, ar bhealach eile, baineann sé go leor den ualach di agus cuireann níos mó fós i lámha na hoifigiúlachta é. Agus a fhios ag Eithne ina croí istigh gurb é an cúrsa is fearr é.

Díoscarnach coscán cairr lasmuigh. "Sin iad anois iad, a Mham," arsa Sinéad.

Éiríonn siad beirt den tolg agus téann a fhad le fuinneog mhór an tseomra suí. Beirt ghardaí ar an mbealach chun an dorais cheana féin. Clog an dorais á bhualadh, freagra agus, in imeacht cúpla nóiméad nó mar sin tá tús curtha le sonraí, idir cheistiú agus fháisnéis sa seomra suí istigh.

"Phy, a deir tú. Meiteadón atá i gceist agat! An é go bhfuil tú á rá linn, más ea, gur andúileach é do mhacsa?"

"Tá. Tá sé gafa le heroin le breis agus trí bliana anuas, agus a fhios ag Dia féin céard eile. Tá sé faoi chúram dochtúra ó fuaireamar amach faoi, tá trí mhí ó shin nó mar sin."

"Ach is faoi ghadaíocht a ghlaoigh tú orainne, nach ea?"

"Sea." Agus insíonn Eithne sonraí na maidine do na

gardaí agus faoi mar a tharla gur goideadh an dá scór euro as an sparán.

"Bhuel, dáiríre," arsa duine de na gardaí, "mar chomhairle duit, a Bhean Uí Fhloinn, bhreathnófaí ar an ngadaíocht seo mar rud beag inmheánach, má thuigeann tú leat mé. Rud clainne, dáiríre."

Cuma mhearbhallach ar Eithne.

"Sé sin le rá nach rud ann féin é a bhféadfaí mórán a dhéanamh faoi. Mar shampla, i gcomhthéacs cúirte nó rud ar bith mar sin, is cur amú ama a bheadh i gceist leis. Céard faoi d'fhear céile? An bhfuil rud ..."

Éiríonn an garda as an gceist a chur nuair a fheiceann sé Eithne ag casadh na súl i dtreo na síleála.

"Ba chás eile ar fad é, abair," arsa an garda eile, "dá mba ar bhunús na handúile a ghlaoigh tú orainn. Mar shampla, dá dtiocfaimis ar ghiuirléidí nó ar na drugaí féin ar bhall éadaigh leis, nó ina sheomra, b'fhéidir."

Gealadh anois ar éadan Eithne. Ní easpa dílseachta dá mac é ach a mhalairt ar fad. Tuigeann sí go rímhaith faoi seo nach é leas duine ar bith é — Eoin, ach go háirithe — nach dtabharfaí aghaidh mar is gá ar an bpráinn atá le cúrsaí ag an bpointe seo.

"Bhuel, níl a fhios agamsa go baileach céard a bhíonn sa seomra aige na laethanta seo, ach ba theacht ar ghiuirléidí agus ar roinnt ábhair tamall de mhíonna ó shin ba chúis le sinn a fháil amach faoi é a bheith i ngreim ag an nós."

Breathnaíonn na gardaí ar a chéile nuair a insítear seo dóibh.

"Tá míle fáilte romhaibh an seomra a chuardach," arsa Eithne. "Go deimhin, ba bhreá liom é dá ndéanfadh sibh amhlaidh."

Breathnú ar a chéile fós eile ag na gardaí. Eithne diongbháilte inti féin, ach go háirithe agus na gardaí sa teach anois aici, nach gcaillfí an deis ar an scéal a bhrú ar aghaidh mar ba thoil léi a dhéanamh.

"'Sé an seomra cúil in aice leis an seomra folctha é. É díreach ar d'aghaidh amach ag barr an staighre," ar sí.

"Bhuel, a Bhean Uí Fhloinn, ní féidir linn sin a dhéanamh go hoifigiúil, an dtuigeann tú," arsa duine den bheirt. "'Sé an chaoi nach bhfuil aon bharántas againn, rud is gá chun go ndéanfaimis an seomra a chuardach."

Ciúnas ann ar feadh roinnt soicindí. Díomá ar Eithne gurb amhlaidh atá an scéal.

"Ach," a deir an garda eile, "go neamhoifigiúil, mar a déarfá, dá dtarlódh sé go dtiocfaimis — de thimpiste, atá mé a rá — ar ábhar a cheapfaimis a bheith mídhleathach, d'fhéadfaimis barántas cuardaigh a lorg ar an gcúirt ansin."

Cuma na míthuisceana ar Eithne.

"Tá a fhios agat, dá bhfeicfinnse rud éigin sa seomra agus mé ag dul thar an doras — i ndiaidh dom a bheith sa seomra folctha, abair — agus dá mbeinnse in amhras faoin rud a d'fheicfinn, bhuel, b'fhéidir go gcaithfinn barántas a lorg ansin."

An chuma fós ar Eithne nach dtuigeann sí an chaint seo ach ansin, de splanc, tagann spléachadh na tuisceana chuici.

"Ó, tuigim. Sea, tuigim anois tú, ceart go leor. Bhuel, eh, an bhfuil gá agat, a gharda, an seomra folctha a úsáid?"

"Bhuel, an bhfuil a fhios agat, a Bhean Uí Fhloinn, is dóigh liom go bhfuil." Agus leis sin, éiríonn sé, buaileann leis amach sa halla agus téann in airde staighre.

Eithne, Sinéad agus an garda eile ina suí go ciúin sa seomra suí 'gus iad ag fanacht ar thuairisc an fhir thuas.

"A Mhike, gabh i leith aníos anseo soicind, le do thoil," a chloistear tar éis cúpla nóiméad. Éiríonn a chomrádaí agus téann in airde staighre leis. Eithne agus Sinéad tagtha a fhad le ceann na mbalastar ag bun an staighre. Leathnóiméad eile agus siúd amach na gardaí ar léibheann an staighre. Breathnaíonn siad ar Eithne agus Shinéad agus amharcann siadsan aníos orthusan.

"Is dóigh liom, a Bhean Uí Fhloinn, go bhfuil ábhar mídhleathach aimsithe againn i seomra cúil an tí seo. Is oth liom a rá leat go bhfuil sé i gceist againn barántas cuardaigh a lorg ar an gcúirt." Agus leathann meangadh ar bhéal an gharda agus é á rá. 'S ní lú a dhath é an meangadh atá ar bhéal Eithne.

"Buíochas le Dia," ar sí.

10

Lá na Cúirte. Eithne agus Breandán i láthair. Spás suíocháin eatarthu beirt. Duine den bheirt ghardaí ann chomh maith — é sin a chuir a ainm leis an gcúis atá á tabhairt in aghaidh Eoin ag an Stát. Agus, ar ndóigh, Eoin agus an t-abhcóide atá ag seasamh dó. Baintear siar as Eithne nuair a fheiceann sí Eoin ar shiúl isteach dó. Sé an chéad uair di é a fheiceáil ón lá sin ar thug na gardaí cuairt ar an teach, tá cúig mhí ó shin. É ag cur faoi ó shin, a fhad agus ab eol d'Eithne, le cairde leis i lár na cathrach. An scoil caite san aer aige, ar ndóigh, ón uair a tharla an eachtra agus liúntas sóisialta seachtainiúil de chineál éigin á tharraingt as an Státchiste aige. É mílítheach san éadan, a mheasann sí. Cloch mheáchain caillte aige nó an dá chloch féin, b'fhéidir. Na súile siar ar fad ina chloigeann agus na logaill dubh dorcha. An chosúlacht air gur chun donais ar fad atá sé imithe ar an uile bhealach. Claonadh inti rud a rá le Breandán faoin gcuma atá ar Eoin, ach cuireann sí uirthi féin gan sin a dhéanamh. Gan de chaidreamh eatarthusan ó thús na hAthbhliana ach corr-ghlaoch gutháin faoin airgead cothbhála. Iad scartha ón lá sin i dtús na bliana ar léir di é a bheith mídhílis di. Dhá bhuille mór ar mhuin a chéile. Trí chomhréiteach a shocraigh siad faoin airgead cothbhála, buíochas le Dia, seachas dul trí na cúirteanna agus airgead a chur i bpócaí na ndlíodóirí. Breandán go seasta le hAmy faoi seo agus gan sa teach anois ach Eithne féin agus Sinéad.

Ach is olc an ghaoth nach séidtear maith éigin léi. Tá

Breandán glan ar na híocaíochtaí gránna úd le hEoin ón uair a fuair Eithne amach faoi é féin agus Amy. Obair shalach an chéad lá riamh é an íocaíocht chéanna agus is fearr sin a bheith thart. Is fearr fós é, cé go bhfuil croí Eithne trom i ndiaidh a mic i gcónaí, an faoiseamh agus an suaimhneas atá aici thar mar a bhí nuair a bhí Eoin agus Breandán ag déanamh an diabhail uirthi. Is gaire dá chéile ná riamh anois í féin agus Sinéad, agus cé go n-airíonn sise a Daid agus Eoin uaithi, ach an oiread le hEithne féin, tá aghaidh á tabhairt ar an saol ag Sinéad, díreach mar is cuí.

Cuma na gairge ar an mbreitheamh. Bean í atá beagáinín thar an leathchéad, shílfeá, agus spéaclaí adharcimeallacha dubha uirthi. Tamall de scrúdú na ndoiciméad atá os a comhair á chur di aici sula labhraíonn sí. Lorgaíonn sí cás an Stáit i leith Eoin agus éisteann go cúramach lena mbíonn á rá mar oscailt ag Aturnae an Chúisimh. Breathnaíonn sí siar ansin ar na nótaí atá déanta aici le linn don Stát an cúiseamh a dhéanamh agus iarrann ansin ar an gCosaint a chás a chur i láthair. Seasann aturnae Eoin. Bean ard dheachumtha.

"Os comhair na Cúirte seo, a Ghiúistís, tá fear óg neamhurchóideach nach ndearna feall agus nach bhfuil feall ar bith in aghaidh duine ná Stát riamh curtha ina leith cheana," ar sí.

É soiléir ar chéad-oscailt a béil di go bhfuil sí cumasach mar óráidí. Oscailt bhreá ar fad, i bhfad Éireann níos spreagúla ná mar a rinne an fear a chuir cás an Stáit os comhair na Cúirte roimpi. Leanann sí uirthi.

"Má tá mí-ádh ar bith le cur i leith Eoin Uí Fhloinn — agus is mí-ádh é, a deirim, ní coir — is é an mí-ádh sin ná gur andúileach é, go bhfuil sé faoi ghreim ag heroin, go bhfuil sé gan dídean gan chónaí le breis agus cúig mhí anuas."

Deisbhéalaí an chainteora ag dul i gcion ar gach a bhfuil i láthair agus ar an nGiúistís ach go háirithe, agus a fhios sin ag abhcóide Eoin. Stopann sí ar feadh cúpla soicind agus breathnaíonn thart ar fud Theach na Cúirte. Ansin breathnaíonn sí d'aon ghnó ar an nGiúistís arís. É soiléir di go bhfuil bá cheana féin ag breitheamh na cúirte seo leis an gcás atá á dhéanamh aici.

"An í feidhm na Cúirte seo, a dhaoine uaisle, píonós a ghearradh ar a leithéid nuair nach bhfuil gearrtha air cheana féin ag an sochaí seo ach píonós i ndiaidh phíonóis? Duine nach ndearna coir riamh cheana ina shaol agus é thíos leis. Duine a bhfuil sé de mhí-ádh air a bheith ina andúileach agus é thíos leis. Duine gan dídean na hoíche os a chionn agus é thíos leis." Stíl phumpála ag an abhcóide agus na ráitis rithimeacha seo á radadh amach aici ceann i ndiaidh a chéile.

"Duine, a Ghiúistís, a dhaoine uaisle, d'ainneoin an drochratha agus uile, a bhfuil sé de stuamacht ann aghaidh a thabhairt ar na fadhbanna éagsúla sin agus atá ag tabhairt faoina shaol a chur ina cheart."

Tá corraíl anois sa Teach Cúirte. Corraíonn an Giúistís féin ag an mbinse, baineann di na spéacláirí agus cromann ar aghaidh beagáinín chun a bhfuil le teacht a chloisteáil.

"Ní hamháin, a dhaoine uaisle, go bhfuil a andúil féin aitheanta ag Eoin Ó Floinn ach tá sé cláraithe as a stuaim féin — as a stuaim féin a deirim, a dhaoine uaisle — ar chúrsa dí-andúilithe atá á reachtáil faoi stiúradh an Lárionaid um Dhí-andúiliú Drugaí, a fhianaise sin sa cháipéis seo atá i mo sheilbh anseo agam," agus ardaíonn sí a ciotóg le go bhfeicfear an bhileog uaine a chruthaíonn gach a bhfuil ráite aici. Leis sin, téann sí a fhad le binse an Ghiúistís agus síneann an bhileog chuici. Í tamaillín ina tost ansin le go mbeidh deis ag an nGiúistís an fhianaise a scrúdú.

"Lean ar aghaidh, le do thoil," arsa an Giúistís léi.

Bá an Ghiúistís leis an gcás atá á dhéanamh ag an abhcóide níos soiléire anois ná riamh.

"Go raibh maith agat, a Ghiúistís," agus ceangal súl idir an Aturnae Cosanta agus an Giúistís soicind. Ansin casann sí arís chun draíocht a deisbhéalaí a imirt ar an gcomhthionól athuair.

"An bhfuilimidne, sinne nach eol dúinn inár saol féin oiread agus an deichiú cuid de na trioblóidí atá ag an bhfear óg neamhurchóideach seo — fear óg a bhfuil breis agus a sheacht ndícheall déanta agus á dhéanamh fós aige ar theacht slán ar na fadhbanna atá aige — an bhfuil muidne chun an fear óg sin a dhaoradh sa Chúirt seo inniu? É a dhaoradh chun príosúin? Agus, sa daoradh sin chun príosúin, an ábhar sásaimh ar bith dúinn é go mbainfear de an deis iontach atá aige i láthair na huaire éirí as an heroin mallaithe is cúis lena shaol a mhilleadh?"

Stopann sí arís agus breathnaíonn ina timpeall fós eile. É soiléir di go bhfuil greim daingean aici orthu idir chroí agus anam.

"A Ghiúistís, a dhaoine uaisle, iarraim ar an gCúirt seo a bheith tuisceanach, a bheith carthanach, a bheith taobhach le cás an fhir óig seo. Fear óg a bhfuil misneach léirithe cheana féin aige thar mar a bheadh súil agat leis i nduine dá aois. Iarraim ar an gCúirt seo diúltú don chás atá curtha inár láthair anseo inniu ag Aturnae an Chúisimh agus ligean d'Eoin Ó Floinn dul ar aghaidh le hatógáil a shaoil."

Agus, leis sin, suíonn sí. Fonn ar go leor atá ag éisteacht léi seasamh agus bualadh bos a thabhairt di, an Giúistís féin ina measc. An oiread sin de dhallamullóg curtha ag a deisbhéalaí ar chuid díobh is go bhfuil sonraí na fírinne dearmadta ar fad acu. Agus toisc feabhas an cháis atá á dhéanamh ag an aturnae, tá síol an amhrais, síol an mhíshuaimhnis i gcúl a cinn ag Eithne. Nach í atá sásta nach ndearna sí Sinéad a bhreith léi chun na Cúirte inniu. Rachadh sé dian uirthi sin é seo uile a chloisteáil agus seans go gcuirfeadh sé trína chéile ar fad í agus scrúduithe an tsamhraidh ag teacht.

Monabhar cainte sa Teach Cúirte agus an dá argóint á meas ag an nGiúistís thuas. Eithne ina tost. Í ag faire ar an gcomhthionól. An tAbhcóide Cosanta agus Eoin i gcomhrá lena chéile agus an chuma orthu beirt go bhfuil siad sásta le dul an cháis. Abhcóide an Chúisimh agus leathuillinn leis ar an ráille adhmaid idir cabhail Theach na Cúirte agus suíocháin an phobail 'gus é ag cogarnaíl leis an ngarda a thug fianaise thar ceann an Stáit. Faobhar ar an atmaisféar agus iad uile ag tnúth le breith an Ghiúistís.

"Ciúnas. Ciúnas, le bhur dtoil, a dhaoine uaisle." Maor na Cúirte a deir. Suíonn an Giúistís chun tosaigh agus cuireann a dá huillinn ar thraschlár tosaigh an bhinse.

"Ar go leor bealaí is cás tragóideach é cás an fhir óig seo atá os comhair na Cúirte anseo inniu againn," ar sí, "cás ar deacair dom a bheith iomlán cinnte faoi céard é go baileach an cinneadh ceart."

Gan rud ar bith sceite go fóill aici ach aird iomlán a bhfuil i láthair dírithe go dlúth daingean uirthi.

"Ba mhaith liom, i dtús báire, tréaslú le mo

chomhghuaillithe, Abhcóide an Chúisimh agus an tAbhcóide Cosanta as feabhas agus léire agus gontacht an chur i láthair atá déanta anseo inniu acu. Murach sin, ba dheacra fós a bheadh sé ormsa teacht ar chinneadh. Go raibh maith agaibh beirt."

Breathnaíonn na habhcóidí trasna ar a chéile agus is léir ar an aoibh atá orthu beirt go bhfuil siad sásta leis an moladh seo.

"Tá curtha i leith Eoin Uí Fhloinn go raibh ábhar mídhleathach i bhfoirm an druga heroin aige i dteach cónaithe a mhuintire ar an dara lá d'Eanáir na bliana seo. Ar ndóigh, sa mhéid is go bhfuil sé admhaithe ag an Abhcóide Cosanta thar ceann Eoin Uí Fhloinn gurbh amhlaidh a bhí, níl aon ghá é sin a chruthú don Chúirt seo."

Miongháire ar an Abhcóide Cosanta agus ar Eoin féin. Díomá le sonrú ar éadan Abhcóide an Chúisimh.

"Ach is léir domsa chomh maith, ar fhianaise na faisnéise atá curtha i mo sheilbh ag an Abhcóide Cosanta, go bhfuil tréan-iarracht á déanamh ag an bhfear óg céanna nós seo thógáil na ndrugaí a chiceáil, más ceadmhach dom téarmaíocht na coitiantachta a úsáid."

Scaoileann an Giúistís sciotaíl gháire aisti agus í á rá — an gáire úd a dhéantar go minic nuair a cheadaítear an focal scaoilte a rá i gcomhthéacs foirmeálta. Déanann an bheirt abhcóidí gáire ansin agus, ina dhiaidh sin arís, leathnaítear ar an ngáire ar fud an tseomra.

"Is dóigh liom, dá ndéanfainn téarma príosúnaíochta a ghearradh ar an gcosantóir, go mbeadh neamhaird á déanamh ag an gCúirt seo ar an iarracht úd atá déanta aige agus go mb'fhéidir gurbh é a bheadh mar thoradh ar an gcinneadh sin, ar deireadh, ná Eoin Ó Floinn a chur níos faide ar aghaidh ar bhóthar a aimhleasa féin."

A fhios ag Eoin cheana féin ó chaint seo an Ghiúistís nach iad fallaí liatha an phríosúin atá i ndán dó ar aon chaoi.

"Sa deireadh thiar thall, is é leas na sochaí agus, go fiú, leas an chúisí féin is mó is spéis leis an gCúirt seo. Mar sin, agus an uile ní meáite agam agus, cé nach mionaoiseach ó thaobh dlí de é, is é mo chinneadhsa ná nach ngearrfar aon phíonós ar Eoin Ó Floinn ach go gcuirfear faoi choimirce na Cúirte seo é ar feadh tréimhse sé mhí ón lá seo ar aghaidh. Míneofar téarmaí na coimirce sin don chosaint agus dá abhcóide i mo sheomraí i ndiaidh an tseisiúin seo."

Ní cuimhin le hEithne a dhath eile dá ndeirtear ina dhiaidh sin. Díomá, thar aon ní eile, a airíonn sí. Ní hé gur mhaith léi a mac a fheiceáil á chur chun an phríosúin — ní hea, go deimhin — ach airíonn sí ina croí istigh go bhfuil gá le cúiteamh éigin a éileamh air le go dtuigfidh sé an phráinn atá ag gabháil leis an gcás ina bhfuil sé. Tuigeann sí, thar mar a thuigeann an Giúistís, an t-imeartas a bhaineann leis an gcás atá curtha i láthair na Cúirte ag an Abhcóide Cosanta. Nach hin é an fáth go bhfuil sí ann? Ag déanamh a jab agus á dhéanamh go maith éifeachtach atá sí. Ach tá a fhios ag Eithne nach mbeidh de thoradh air seo ach go bhfeicfidh Eoin gur féidir an drochrud a dhéanamh agus, ina dhiaidh sin, go bhfuil sé indéanta an dlí a chasadh agus a lúbadh sa chaoi is nach féidir méar a leagan ort. Tá foghlaim air nach foghlaim scoile ná baile é.

Í féin agus Breandán ina suí ar bhinse i bhforsheomra Theach na Cúirte ina dhiaidh. An bhearna spáis chéanna idir an bheirt is a bhí san áit istigh. Mionchaint eatarthu 's gan ró-fhonn ar cheachtar díobh an méid sin féin a dhéanamh, go fiú. Murach go bhfuil siad ag fanacht ar dheis cainte le hEoin nuair a thagann sé as seomraí an Ghiúistís ar ball, bheidís bailithe leo lom láithreach i ndiaidh an tseisiúin.

"Bhuel, cén chaoi a bhfuil cúrsaí scoile agat?"

"Ó, maith go leor, a Eithne. Neart scabhaitéirí, an iomarca ceartú agus gan dóthain ama chun rud ar bith eile a dhéanamh — tá's agat féin."

"Sea, tá's." Binb i ngontacht an fhreagra aici.

"Agus tú féin, a Eithne? Agus Sinéad? Chuile shórt ceart go leor?"

"Ó, ar mhuin na muice atáimid. Ar mhuin na muice." Searbhas seachas binb is mó a aithnítear ar a tuin cainte an babhta seo. Breandán giongach ina láthair.

"'S céard é do mheas faoi ghnó an lae inniu?" ar sé.

Breathnaíonn sí go géar air. Goimh ina hintinn leis. Nach dána an mhaise dó é? Eisean á fhiafraí sin thar éinne eile. Ach cuireann sí srian ar an naimhdeas. Tá cúrsaí dona go leor gan a bheith ag cur leis mar thrioblóid. Í ar tí é a fhreagairt an babhta seo, agus an chúirtéis mar rún aici, nuair a fheiceann siad Eoin agus a abhcóide ag teacht isteach sa bhforsheomra. Seasann sí féin agus Breandán agus breathnaíonn i dtreo na beirte atá anois ag déanamh comhrá lena chéile. Cúpla nóiméad mar sin dóibh, croitheadh lámh agus scarann siad — ise ag dul isteach trí dhoras an tseomra as ar tháinig siad agus Eoin ag déanamh ar phríomhdhoras an fhoirgnimh. Eithne díreach ar tí glaoch ar Eoin nuair a thagann Cillian ar an láthair. É ina shuí ar cheann de bhinsí an fhorsheomra ar feadh an ama, is cosúil, agus níor thug sí féin ná Breandán faoi deara ar chor ar bith é.

"Eoiní, Eoiní, a bhuachaill," ar sé go glórach, agus preabann an ráiteas ina mhacalla ar fud an fhorsheomra. Síneann Cillian bosa na lámh díreach amach i dtreo Eoin agus déanann Eoin a dhá bhos féin a bhualadh anuas orthu.

"Nach ndúirt mé leat é, 'Eoiní, man?" Agus déanann an bheirt óg sciotaíl gháire.

Griogadh an mhíshuaimhnis in intinn Eithne agus, chun a cheart a thabhairt dó, in intinn Bhreandáin leis. Breathnaíonn siad ar a chéile. Aithníonn Breandán uirthi gur mhaith léi labhairt le hEoin, ach feiceann sé go bhfuil sí gan mhaith i ndiaidh na turrainge seo. Déanfaidh sé an beart thar a cionn.

"A Eoin," arsa Breandán, é á rá sách ard is go gcloisfear taobh thall den bhforsheomra é.

Casann Eoin agus Cillian ag an am céanna agus feiceann cé tá ann. Tosaíonn siad beirt ag sciotaíl arís, casann i dtreo an dorais agus amach leo. Idir iontas agus fhearg ar Bhreandán. Ach ní hé a chás féin atá ag déanamh buairimh dó anois, ach cás Eithne. Breathnaíonn sé uirthi agus íslíonn sise í féin de phlimp ar an mbinse athuair.

11

Mearbhall intinne ar Eithne ó d'fhág siad Teach na Cúirte. Í féin agus Breandán i gcuideachta a chéile fós. Ní cuimhin léi conas mar a roghnaigh siad an teach ósta seo thar aon cheann eile. Níl ann, is dócha, ach gurb é an ceann is gaire don teach cúirte. Is iontach léi, go fiú, gur thoiligh sí teacht ann le Breandán tar éis a bhfuil déanta aige uirthi, ach is minic ar ócáidí den sórt seo nach ann don loighic ná don réasún. Í spíonta ag iarracht na maidine, gan uaithi ach an ceapaire agus an cupán tae atá ar ordú ag Breandán di. Í ag breathnú air agus é ag an mbeár. Cuimhní. Faraor gur tharla mar a tharla eatarthu. Filleann sé ón mbeár agus tráidire mór adhmaid brúite amach roimhe aige, leagann ar an mbord é agus tosaíonn ar a bhfuil air, idir shoithí agus sceanra, a dháileadh amach. Leathann miongháire ar bhéal Eithne.

"Tá tú mar a bhí riamh, más ea."

"Cén chaoi sin?" arsa Breandán.

Caitheann sí súil leis an tráidire agus ar a bhfuil de ghiuirléidí breactha thart ar an mbord faoi seo ag Breandán.

B'iomaí uair a rinne siad gáire in imeacht na mblianta faoi mar ba ghráin le Breandán go ndéanfaí freastal air in áiteanna den sórt seo. B'fhearr leis féin i gcónaí a raibh le glacadh a bhreith leis ón mbeár seachas freastalaí éigin a bheith ag pramsáil thart air.

"Ó, é sin. Bhuel, tá a fhios agat féin conas mar a bhíonn ag an seanghadhar."

Gáire uathu beirt. An tae doirte ag Eithne cheana féin. Ardaíonn seisean an crúiscín bainne agus síneann chuici é. Teagmhaíonn a méara dá chéile agus í á ghlacadh uaidh agus airíonn siad beirt rian den seanghriogadh úd a d'airíodh siad tráth. Mearú cuislí soicind, ach ní cheadaíonn ceachtar acu a thuilleadh thairis sin. Méar trí chluas an chupáin anois ag Eithne agus liopa an tsoithigh lena béal.

"Ó, buíochas le Dia. Tá mé lag ar feadh na maidine d'uireasa an bholgaim tae."

"Ní féidir é a shárú ceart go leor."

Baothchaint í seo uathu beirt, ach feidhmíonn sé chun an ruaig a chur ar an gciotaí a airíonn siad i dtaobh na teagmhála. Tamall ina dtost dóibh ansin. Dul na maidine á chíoradh ina n-intinní acu, b'fhéidir, nó cuimhní éigin ginte ag teagmháil úd na méar, agus iad á ríomh. Cá bhfios?

"Shíl mé go —"

"Céard é do mheas —"

Is aisteach é i ndiaidh an achair chiúnais go dtosaíonn siad beirt ag caint arís ar an bpointe ceannann céanna. Briseann an gáire orthu.

"Abair leat," arsa Breandán.

"Ag dul ag fiafraí faoi imeachtaí na maidine a bhí mé. Céard é do mheas fúthu?"

Rian den amhras ar Bhreandán an cóir dó tuairim a nochtadh. Tá a fhios aige conas mar a chuireann sé as d'Eithne am ar bith go dtagraíonn sé do chás Eoin. Agus tuigeann Breandán féin nach féidir locht a fháil uirthi as an dearcadh sin a bheith aici. Aithníonn sí an t-amhras air agus tá a fhios aici céard is bunús leis.

"Abair leat. Níl mé chun an bloc a chailliúint leat. Chun

an fhírinne a insint, ní bheadh sé d'fhuinneamh ionam é a chailliúint faoi mar atá mé ag aireachtáil i láthair na huaire."

"Hmm! Bhuel, ní dóigh liom gurb é is fearr mar shocrú ar rud ar bith é go ligfí saor ar an dóigh sin é, go fiú más faoi choimirce na cúirte atá sé."

"Sea, sin é is dóigh liom féin. Á chur amach arís chun cur leis an nós agus é go dona cheana féin mar atá — ní fheicim ciall ar bith leis ach an oiread."

"Hmm!"

"Agus an bhfaca tú an chuma atá air, a Bhreandáin. Tá sé go hainnis ar fad. Tá a fhios ag Dia go —"

"Fuist soicind, a Eithne." Sméideadh cinn i dtreo an dorais ag Breandán agus é á rá sin. Eoin agus Cillian, agus cailín ard fionn dathúil in éineacht leo an uair seo. Isteach leo i gcroílár an tí ósta, iad beag beann ar fad ar Bhreandán agus Eithne a bheith ann, agus suíonn siad isteach sa leathchailleach atá buailte le cúl na leathchaillí ina bhfuil siadsan cheana féin. Gan eatarthu anois ach an spiara adhmaid a scarann ona chéile iad. Strainceanna ar a n-éadain ag Breandán agus Eithne agus iad ag sméideadh ar a chéile chun cluas na héisteachta a chur orthu féin.

"Nach ndúirt mé leat é, a Eoiní-baby!" arsa Cillian. "An tseanlíne úd faoi bheith ar do dhícheall an nós a chur díot, téann sé i gcion orthu gach uile uair." 'S ansin déanann an triúr gáire croíúil. "Agus nuair is bean atá ar an mbinse, ní beag sin mar chúnamh ach an oiread, a Eoin, tá mise á rá leat."

"Hé-hé, a bhuachaill, céard tá á rá agat?" An bhean óg atá anois ag déanamh na cainte. "Seachain an gnéasachas. Tá sin in aghaidh an dlí chomh maith, bíodh a fhios agat."

Ach ní túisce ráite aici é ná scairteann an triúr amach ag gáire arís.

"Bhuel, bíodh sé ina ghnéasachas nó ná bíodh," arsa Eoin, "d'oibrigh sé go seoigh an babhta seo. Agus, i gcead duitse, a Charole, cibé a deirtear faoi do dheartháir Johnny ó am go chéile, bhí an ceart ar fad aige nuair a mhol sé dúinn abhcóide mná a éileamh don ghnó. Chuir sin an barr ar fad air mar iarracht."

Breathnaíonn Breandán agus Eithne ar a chéile ar an taobh eile den spiara adhmaid. Tá alltacht orthu caint den chineál seo a chloisteáil as béal a mic féin. Cathú ar Eithne éirí aníos agus tabhairt faoin triúr, ach aithníonn Breandán an fonn sin uirthi. Leagann sé leathlámh ar chiotóg na mná.

"Socair, a Eithne. Fág acu é mar chaint."

"Dhá phionta Bud agus ... céard a bheas agatsa, a Charole?" Glór Chillian atá ann arís an babhta seo.

"Carole! Cé hí Carole?" arsa Eithne, de chogar.

"Fuist soicind, a Eithne, go gcloisimid."

"West Coast Cooler," arsa Carole.

"Togha, más ea. Sin dhá phionta Bud agus West Coast Cooler," arsa Cillian.

Is léiriú éigin ar charachtar Chillian do Bhreandán agus Eithne é a bhfuil de chaint cloiste acu as béal an ógánaigh cheana féin. Idir easpa aithne agus shaontacht Bhreandáin i dtaobh an fhir óig a chuir air a cheapadh i gcónaí gur duine maith groí é Cillian. Go deimhin, anois ó chuimhníonn sé air, ní dóigh leis gur chas sé ar an leaid oiread agus uair amháin. Go fiú Eithne, níl casta aici sin ar Chillian ach a trí nó a ceathair d'uaire, agus tá an uair dheireanach féin breis agus leathbhliain ó shin faoi seo.

"Agus fair play do Johnny! An ceart ar fad aige nuair a

mhol sé dúinn fanacht glan ar FLAC. B'fhearr míle uair í an bhean sin ná abhcóide ar bith a gheofá faoin gcóras saor, a Eoin."

"D'fhéadfá a rá, a Chillian."

"Fuist soicind," arsa Carole, "seo chugainn an t-ól."

Tost eatarthu le linn don chailín freastail na deochanna a dháileadh orthu. 'Gus, leis sin, bailíonn sí léi arís.

"'S céard iad na coinníollacha a bhaineann le tú a bheith faoi choimirce na cúirte, más ea, a Eoin," a fhiafraíonn Carole.

Pléascadh gáire anois ag an mbeirt fhear óg.

"Coinníollacha!" arsa Eoin. "Coinníollacha, más féidir sin a thabhairt orthu, a Charole. Mé féin a chur i láthair na nGardaí sa stáisiún áitiúil uair in aghaidh na seachtaine, gan aon treascairt dlí a dhéanamh in imeacht an tsé mhí seo romhainn. Agus, thairis sin, níl treoir ná srian orm."

Agus an babhta seo pléascann siad triúr amach ag gáire.

"Sláinte, a bhuachaill," arsa Cillian, agus cloistear gliogarnach na ngloiní in aghaidh a chéile.

Searradh bainte as Eithne ag cling-cleaing na ngloiní céanna. Gach aon cheist a bhí beartaithe aici a chur ar Eoin i bhforsheomra an tigh chúirte ar ball, tá freagra faighte aici uirthi. Ach is mó a chuireann dínáire a haonmhic as di ná aon cheann ar leith de na freagraí a chloiseann sí.

"Ciallaíonn sé, a Eoiní-boy, go bhfuil tú geall is a bheith iomlán saor chun leanacht den ghnó atá idir lámha againn. Beidh mo sheanleaid agus an tseanlady ar saoire go ceann míosa ón deireadh seachtaine seo chugainn agus fágann sin go mbeidh saotharlann chúil an tsiopa saor. Agus, anois go bhfuil Johnny sásta leis an socrú úr, beimid in ann slám stuif a réiteach do na clubanna. Anois, a bhuachaill, nach bhfuil tú sásta go dtáinig tú isteach air nuair a luaigh mé leat é roinnt míonna ó shin?"

"D'fhéadfá a rá, a Chillian, d'fhéadfá a rá."

"'S céard déarfá anois le do sheanleaid agus an céad caoga suarach sin a bhíodh á thabhairt aige duit, huth?"

"Bhuel, cuirfidh mé mar seo duit é, a Chillian: ní ag caoineadh ina dhiaidh atá mé, ar aon chaoi."

Agus briseann an gáire orthu fós eile 'gus iad ríméadach toisc a bhfuil de bhobanna á mbuaileadh ar an gcóras acu.

Ach ní haon fhonn gáire atá ar Bhreandán ar an taobh eile den spiara, ach a mhalairt ar fad. Tá cathú air éirí aníos agus tabhairt faoin triúr — faoi Eoin, ach go háirithe. Ach aithníonn Eithne é sin air. Ise a leagann leathlámh airsin an babhta seo, ise á stopadh sin an uair seo. Ansin, de chogar, ar sí:

"Lig tharat é, a Bhreandáin. Cén mhaith a dhéanfadh sé ach iad a shásamh?"

Croitheann sé a cheann agus tuigeann an ceart a bheith aici. Cén mhaith, go deimhin, a shíleann sé.

"Seo, seo, bailimís linn dtí diabhail as an ndrúthlann seo d'áit," arsa Cillian, agus cloistear driopás a n-imeachta ar thaobh eile an spiara.

Casann Breandán isteach i dtreo Eithne, leagann leath-uillinn leis ar an mbord agus ligeann don triúr dul tharstu gan a n-aird a tharraingt orthu. Ansin breathnaíonn siad beirt i ndiaidh an triúir agus iad ar a mbealach amach an doras.

"Bhuel, bhuel," arsa Breandán, "cé a cheapfadh é? An mac sin againne agus é sáite san obair sin. Agus Cillian! Shíl mé gur leaid stuama measúil é sin."

"'S nach hin é a bhí mé ..." Stopann Eithne dá caint. Cén

mhaith a dhéanfadh sé tabhairt faoi maidir le hiarracht ar bith a bhí déanta agus dian-déanta aici rudaí a chur ar a shúile do Bhreandán ar feadh tamaill mhaith. Ní dhéanfadh sé ach an sean-easaontas a chothú arís.

"Céard é a bhí tú ag dul a rá, a Eithne?"

"Ó tada, a Bhreandáin, tada." Ardaíonn sí an cupán, breathnaíonn amach air thar liopa órga an tsoithigh agus blaiseann den tae athuair.

12

Níos déanaí an oíche sin tá an gleo i dtigh Mad Benny mar a bhíonn de ghnáth. Brothall teasa ann a chuireann ar go leor de na damhsóirí fir a léinte a bhaint díobh. An gnáthdhream istigh. Na damhsóirí thíos agus, ar an léibheann thuas, iad siúd a thaithíonn an chuid sin den áras. Teacht agus imeacht daoine éagsúla chun na mbord ar an léibheann. Corr-chloigeann ag bogadaíl le rithim an cheoil ach, don chuid is mó, is i mbun comhrá atá an dream atá ina suí ag na boird.

"É díreach mar a dúirt tú, Johnny-man," arsa Cillian. "'S dá bhfeicfeá an breitheamh. Shlog sí gach uile fhocal de." Agus, leis sin, scairteann an ceathrar atá timpeall ar an mbord amach ag gáire.

"Banghiúistís a bhí ann, an ea, a Eoiní-boy?" arsa Johnny the Fix.

"Sea, a Johnny, bhí a fhios againn go rabhamar ar mhuin na muice nuair a chualamar gur bean a bheadh ann. É sin agus bean mar abhcóide agam féin," arsa Eoin.

"Nach in é a dúirt mé libh nuair a rinne sibh mo chomhairle a lorg ar an gceist. Bean amháin in aon teach cúirte, is fiú deichniúr fear í. Ach beirt bhan, a fheara, agus tá tú away leis ar fad."

A thuilleadh gáire agus ní gan fáth.

"Ó sin agaibh é, a bhuachaillí. Fág ag na mná é. Nuair a thiteann an crú ar an tairne 'siad is deise ar fad," arsa Carole de mhaíomh.

Na fir ina dtost ar a chloisteáil seo dóibh. Iad ag

stánadh uirthi agus cuma chrosta orthu, mar dhea. Í féin ag éirí beagáinín míshuaimhneach ach, leis sin, briseann an gáire ar na fir arís eile agus tuigeann sí gur cur i gcéill acu é.

"Bhuel, frig sibh," ar sí, de gháire, agus í ag ligean uirthi go bhfuil sí maslaithe acu. Éiríonn sí agus bailíonn léi i dtreo léibheann an staighre. Breathnaíonn an triúr fear ina diaidh agus í ag déanamh ar an staighre bíse. A luaithe agus a thosaíonn sí ar thuirlingt cromann siad isteach i dtreo a chéile ag an mbord agus luíonn isteach ar a bhfuil le plé acu.

"Luaigh tú ar ball go bhfuil fadhb ann, a Johnny? Céard é féin, más ea?" arsa Cillian. Ansin, sula mbíonn deis ag Johnny é a fhreagairt, casann Cillian i dtreo Eoin chun cúrsaí a mhíniú dó.

"Chonaic tú, a Eoin, nuair a thángamar isteach ar ball gur thóg Johnny ar leataobh mé. Á rá liom go bhfuil fadhb éigin tagtha aníos maidir leis an socrú atá déanta eadrainn a bhí sé."

"Fadhb!"arsa Eoin.

"Díreach mar a dúirt mé féin, a Eoiní-boy. Bhuel, a Johnny, céard é féin?"

"É seo, a fheara," arsa Johnny, agus cromann sé isteach ina dtreo. "Tá a fhios agaibh na Brádaigh."

Leis sin, féachann Cillian agus Eoin beirt i dtreo ceann eile an léibhinn, áit a bhfuil an triúr Brádach ina suí. Deartháireacha iad a bhfuil mórán an cineál céanna camastaíola ar siúl acu i gcúpla club eile sa chathair is atá ar siúl ag Cillian agus Johnny i dtigh Mad Benny.

"Yeah, céard fúthu?" arsa Cillian.

"Bhuel, tá sciar den aicsean uathu." De chogar a deir Johnny sin. Spréachann Cillian ar a chloisteáil seo dó.

"Sciar den friggin' aicsean! Bíodh a' —"

"Shh, a Chillian, tóg go réidh é. Sciar, sin an méid. Ní hé go bhfuil siad ag iarraidh an rud ar fad a thógáil, an dtuigeann tú. Níl uathu ach sciar den ghnó."

Osna mhór fhada á ligean ag Cillian, ansin tost roinnt soicindí. Eoin taobh leis agus é ag faire ar a bheirt chomrádaí. É imníoch ach gan dóthain féinmhuiníne aige chun aon ionchur a dhéanamh ar an gcomhrá seo.

"Agus, cogar, céard is sciar ann, a Johnny?" arsa Cillian.

Moill ar Johnny á fhreagairt.

"Huth, Johnny? Céard is sciar ann, a d'fhiafraigh mé díot?"

"Sciar. Sciar, a Chillian. Tá a fhios —"

Buaileann Cillian a dhorn anuas go láidir ar dhromchla an bhoird agus baineann preab as an mbeirt eile. I ngan fhios dóibh, cloiseann an triúr Brádach thall é chomh maith.

"Cé-friggin'-mhéid, a Johnny? Aon cheathrú? Trian?"

Moill ar Johnny arís eile á fhreagairt. É níos faide an babhta seo ná mar a bhí ar ball.

"A leath," ar sé, ar deireadh, agus a shúile dírithe ar chlár an bhoird aige.

Ciúnas iomlán eatarthu triúr. Gan go fiú dordán ceoil na háite ag briseadh isteach ar a n-intinní. Ansin briseann gáire ar Chillian. Ach is gáire aisteach é, é neirbhíseach cúng — mailíseach ar bhealach éigin.

"A leath!" ar sé, go bog. "A friggin'-leath den aicsean sa teach seo." É níos láidre ina chaint an uair seo. Ceanglaíonn a shúile de shúile Johnny the Fix agus ní deir dada go ceann roinnt soicindí. Breathnaíonn sé as sin ar bhord na mBrádach thall uaidh. Ansin go mall tomhaiste, ar sé:

"A Johnny, abair leo dul dtí friggin' diabhail."

"Ach, a Chillian —"

"Ach, a Chillian dada, a Johnny. Ná tosaigh ar an gcraic sin liomsa. Tá socrú déanta againne,, agus anois tá tusa ag iarraidh athshocrú a dhéanamh air."

"A Chríost, a Chillian, tá neart ann dúinn uilig. Ní hé nach bhfuil —"

"Frig thú. Frig thú, a Johnny. Céard is bunús leis seo ar aon chaoi, huth? Céard tá acu ort go bhfuil tú ag iarraidh cúrsaí a athrú?" Méar Chillian dírithe go bagrach ar Johnny aige agus é á fhiafraí sin de.

"Nó an amhlaidh go bhfuil rud éigin geallta acu duit, a Johnny? An é sin é, a Johnny? Huth? Níos mó geallta acu duit ná mar atá á fháil agat uaimse — an é sin é, a Johnny?"

Luas faoina chaint ag Cillian agus fearg ann leis agus na ceisteanna á radadh le Johnny aige.

"Ní hin é ar chor ar bith é, a Chillian. Tá a fhios agatsa go maith nach nd—"

"Ó, sin é é ceart go leor, a Johnny. Ag faire ar a thuilleadh pingneacha a dhéanamh atá tú, a bhastaird. Ar mhaithe leat féin atá tú, a Johnny, agus sin bun agus barr an scéil."

"Ní hea, a bhuachaill. Ní hea ar chor ar bith."

"Sea-bloody-sea, a mhac, agus ní haon ní eile é. Bhuel, bíodh agat más ea, a Johnny, ach níl mise chun aon leath den aicsean a ligean leo ná aon deichiú cuid, go fiú. Bíodh a fhios sin agat, a bhuachaill."

D'aon ghnó a thugann Cillian 'buachaill' air. Is iarracht aige é ar stangadh a bhaint as Johnny.

"Seo, seo, a Chillian, fágaimis é go mbíonn an oíche thart agus pléifimid san oifig ar ball é," agus leagann

Johnny leathlámh anuas ar dheasóg Chillian agus é á rá sin. Tarraingíonn Cillian an deasóg siar go grod, cuireann strainc na déistine air féin agus casann a chloigeann ón bhfear eile le go gcuire sé racht na feirge de.

Ciúnas eatarthu athuair. Eoin ag faire orthu ar feadh an ama agus faitíos air faoina bhféadfadh titim amach ar an láthair. Is faoiseamh intinne anois dó é an ciúnas seo atá eatarthu.

"Féach, a Johnny, tá a fhios agatsa gur briodarnach é sin atá á dháileadh ag na Brádaigh. Tá sé níos measa go fiú ná an cac d'ábhar a bhí á dháileadh agat féin anseo sular lig tú domsa an dáileadh a dhéanamh."

Murach Cillian a bheith ciúin tomhaiste ina chaint arís bheadh iarracht déanta ag Johnny ar stop a chur leis, ach ligeann sé leis an uair seo.

"An rud a bhfuil siadsan ag tabhairt *E* air, is friggin' Skag é, a Johnny. É lán de chuile shalachar — Daz, Omo, bia-phúdar, rud ar bith a chuirfidh ceangal air mar thaibléad. Tá a fhios agat sin, a Johnny. Agus níl an púdar bán sin a bhíonn acu thar mholadh beirte ach an oiread."

"Seo, seo, a Chillian, ró-imníoch ar fad atá tú faoina bhfuil i gceist. Níl uathu ach go gcasfaimis orthu le go bpléifimis na féidearthachtaí."

"Agus tá mise á rá leat, a Johnny, nach bhfuil aon fhéidearthachtaí ann. Tusa, mise, Eoiní anseo agus a bhfuil de shocrú eadrainne cheana féin, agus thairis sin, a Johnny, níl aon phlé le déanamh."

Ina intinn féin, agus é seo go léir ar siúl, tá Eoin ag smaoineamh ar an athrú atá tagtha ar Chillian le tamall anuas. Roinnt míonna ó shin, nuair a bhí an fhéidearthacht ann ar dtús teacht ar shocrú le Johnny maidir le dáileadh an stuif a bheith á riar ag Cillian, bhí Cillian féin beagáinín amhrasach, beagáinín faiteach roimh Johnny, cé nár admhaigh sé é sin go hoscailte riamh. Ach anois, lena bhfuil de rath ar an obair, is airde ná riamh é féinmhuinín Chillian agus ní tada dó é dúshlán Johnny a thabhairt mar atá á dhéanamh anois aige.

"Ach, a Chillian, níl —"

"Gabh dtí diabhail leat, a Johnny. Tadhg an dá thaobh — sin é atá ionatsa, a bhuachaill. Bhuel, frig thú más ea, mar níl mise chun glacadh le haon chaimiléireacht sa rud seo."

Agus, de phreab, 's gan coinne dá laghad ag Johnny nó ag Eoin leis, éiríonn Cillian den chathaoir agus déanann caol díreach ar bhord na mBrádach. Feiceann an triúr ag teacht é agus aithníonn siad an imní ar éadain Johnny agus Eoin agus iad ag teacht ina dhiaidh le é a stopadh. Bogann an triúr Brádach a gcathaoireacha siar ó chiumhais an bhoird píosa agus cuireann siad cuil orthu féin fá choinne theacht Chillian.

"Céard sa frig—," arsa Cillian, agus é ag teannadh leo. Ach éiríonn an triúr ag an am céanna agus tarraingíonn an duine is mó díobh dorn sa bholg air sula n-éiríonn leis an abairt a chur de ina hiomláine. Greim láimhe an duine anois ag an mbeirt eile ar ghéaga Chillian agus brúnn siad i dtreo na balcóine é. Rothlú na soilse thíos agus pian a bhoilg ag cur meadhrán cinn ar Chillian agus a chloigeann á bhrú thar chiumhais na balcóine ag an mbeirt a bhfuil greim acu air. Go tobann, beireann an tríú duine greim gruaige air agus tarraingíonn siar a chloigeann de thurraing. É mar a bheadh sé bun os cionn agus Cillian ag breathnú ar éadan mo dhuine. Ach, dá ainneoin sin agus d'ainneoin an mhearbhaill atá ar Chillian, aithníonn sé faobhar geal na scine atá á bagairt air ag an mBrádach. Brúnn an Brádach an scian le muineál an fhir óig agus níl a fhios ag Cillian soicind cé acu an í an chontúirt nó fuacht na lainne is mó a chuireann as dó.

"An airíonn tú sin, a Chillian, a bhuachaill, huth?"

Súile Chillian chomh leathan san anois lena bhfuil de sceoin air 's nach dtiocfaidh aon chaint chuige.

Tá Eoin agus Johnny ar an láthair faoi seo, ach tá faitíos orthu aon chur isteach a dhéanamh ar a bhfuil ar siúl ar eagla go ndíreofaí fearg na mBrádach orthusan. Iad ina seasamh ansin go faiteach agus iad ag breathnú ar a bhfuil ag titim amach.

"Bhuel, a Chillian, a bhuachaill, b'fhurasta dom mo rogha féin a dhéanamh leatsa, an dtuigeann tú?" arsa an Brádach, agus brúnn sé an lann rud beag níos láidre in aghaidh chraiceann an mhuiníl air.

Croitheann Cillian a chloigeann beagáinín beag, é ar a dhícheall a bheith cúramach nach ngearrann sé é féin. Leis sin, scóraíonn an Brádach feoil na scornaí air. Gan de fhad san ngearradh, b'fhéidir, ach an t-orlach féin, ach is leor é chun cosa Chillian a chur ag búcláil faoi. Scaoiltear leis agus, de chasadh boise, tá greim ag mo dhuine ar Eoin agus gearradh beag déanta ar a leiceann-san aige agus caitheann ar leataobh arís é. Eoin agus Cillian beirt ansin ag taobhú le falla na balcóine agus iad ag sileadh fola. Greim ag an mBrádach Mór ar Johnny anois agus an scian ardaithe arís aige.

"Socraigh a bhfuil le socrú, a Johnny, nó is measa i bhfad ná seo a bheidh sé amach anseo, an dtuigeann tú?"

Súile Johnny ar bior agus iad dírithe ar ghéire na scine aige. Croitheadh cinn uaidh agus maolaítear greim an fhir mhóir air. Leis sin, i bhfaiteadh na súl, ardaíonn an triúr Brádach an bord agus caitheann thar an bhalcóin é gan oiread agus rabhadh ná fainic a chur orthu siúd atá ag damhsa thíos. Scréachanna fiáine i measc na ndamhsóirí ach na Brádaigh beag beann ar ghortú nó ar an marú féin, dá mba hin ba ghá in am ar bith.

"Cuimhnigh, a Johnny, tá freagra uaim — go luath," arsa fear mór na mBrádach agus, an uair seo, scaoileann sé go hiomlán den ghreim atá aige ar Johnny. "Fágaimis seo, a fheara," ar sé ansin, agus bailíonn siad leo dtí diabhail ar fad as an áit.

13

Imíonn an samhradh agus, má imíonn féin, ní fada é an geimhreadh ag imeacht leis chomh maith. Feabhra arís ann agus mórán tarlaithe in imeacht na míonna a chuireann athrú ar an saol — saol Eithne, ach go háirithe. Post aici le tamall anuas agus í ag siúl amach le fear. Ábhar gáire di go minic é nuair a chuimhníonn sí ar í féin a bheith 'ag siúl amach' le duine ar bith. Is rud é sin, ina hintinn sise, a bhaineann le daoine óga. Ach, ar bhealach eile, tá sé go deas mar smaoineamh agus ní lú ná sásta atá sí le Mait.

É tamall maith ó chonaic sí féin agus Breandán a chéile. Corr-theagmháil eatarthu, ach is iondúil gur faoi chúrsaí cothabhála nó cúrsaí tí, nó rud éigin a bhaineann le Sinéad, b'fhéidir, a dhéantar an teagmháil chéanna. Ar aon chaoi, is ar an bhfón a dhéantar pé caidreamh a bhíonn acu lena chéile. Buíochas le Dia, faoin am seo go bhfuil Eithne rud beag éigin níos sibhialta leis ná mar a bhí nuair a scar siad ar dtús. Agus an uile ní ráite, cén mhaith a bheith nimhneach gangaideach? Ní dhéanann sin ach cur lena bhfuil de thrioblóid ann cheana féin — sin é an leagan intinne atá ag Eithne le tamall anuas. Í dearfach ina dearcadh ar an saol thar mar a bhí sí le fada fada.

É sin uile agus rud nó dhó eile is cúis le í a bheith ciúin fealsamhach inti féin ó chuala sí go bhfuil Amy ag iompar clainne. Ba dheas é dá mba é Breandán féin a déarfadh sin léi, seachas é a chloisteáil as béal Shinéid, ach, ar bhealach, tuigeann sí dó. Cén chaoi a ndéarfadh sé léi é? Agus, dá ndéarfadh féin, cén chaoi a nglacfadh sise leis mar scéala?

Is fearr i bhfad gur le Sinéad a dúirt sé é agus gur tríthi sin a tháinig an nuacht chuicise. Ar chaoi ar bith, nár faoi Shinéad a d'fhág sí féin é a insint do Bhreandán faoi í a bheith ag siúl amach le Mait.

Maidir le hEithne féin, ní fearr cinneadh a rinne sí riamh ina saol ná dul ar ais ag obair lasmuigh den teach. Cén diabhal a bhí uirthi ar chor ar bith gur éist sí le Breandán riamh faoi fhanacht sa mbaile nuair a rugadh Eoin.

"Amuigh ag obair," arsa Breandán, "agus páiste óg sa mbaile agat! Ní dóigh liom go bhfuil sé ceart. Ní dóigh liom é ar chor ar bith, cuma céard a deirtear faoi nua-aimsearachas agus cás na mban agus an chraic sin uile. Tá sé riachtanach do pháiste go mbeadh an mháthair sa mbaile, go háirithe don chéad chúpla bliain dá shaol, ar aon chaoi."

Ach ní raibh aon chaint ag Breandán faoi fhanacht sa mbaile é féin. Ní raibh ná baol air. Ar ndóigh, bhí an chéad bhliain sin sa mbaile taitneamhach go leor ag Eithne. Í fós faoi dhraíocht ag an leanbh óg ag an am. Agus, go fiú an dara bliain féin, ní raibh sí go dona. Ach ina dhiaidh sin, d'éirigh sí corrthónach agus tháinig borradh faoin smaoineamh faoi dhul ar ais ag a post sa mbanc. Í ar tí fiosrú a dhéanamh faoin bhféidearthacht sin nuair a bualadh suas arís í agus bhí Sinéad ar an mbealach. Chuir sin deireadh le haon smaoineamh ar dhul ar ais ag obair. Agus de réir a chéile ina dhiaidh sin, d'imigh na blianta dá ndeoin féin. Ach tá sin uile thart anois. Chuir sí an scór bliain d'obair tí di, d'ardaigh a féinmhuinín agus bhuail amach ag lorg poist lasmuigh den bhaile.

Bhí iontas uirthi, dáiríre, chomh héasca agus a d'éirigh léi rud a fháil. Breis agus ráithe curtha di aici sa Chomhar

Creidmheasa faoi seo agus laghdú suntasach ar a raibh de bhuaireamh uirthi le tamall maith anuas. Ach Eoin, a haon mhac …

Is ar éigean tásc ná tuairisc ar Eoin ón lá úd sa chúirt, tá breis agus sé mhí ó shin anois. Tá sé glan ar an gcúirt faoi seo, go bhfios dóibh. É ráite ag Sinéad ó am go chéile gur shíl sí go bhfaca sí uaithi é — é féin agus Cillian — ach ní fhéadfadh sí a bheith iomlán cinnte de gurbh iad a bhí ann. Breandán féin, an t-aon uair a bhfuil rud seachas dualgais chothabhála nó dualgais chlainne luaite aige léi, is faoi Eoin atá. É feicthe aige, tá dhá mhí ó shin anois, b'fhéidir. É beagnach cinnte de gurbh é Cillian a bhí ina chuideachta ag an am. Iad beirt lasmuigh de chlub oíche éigin ar na céanna, gar do lár na cathrach, a dúirt sé. Is cuimhin le hEithne mar a léim an croí inti nuair a luaigh Breandán sin léi.

"Agus cén chuma a bhí air, a Bhreandáin?" ar sí ag an am.

B'ísliú croí arís di é nuair a shíl Breandán ar dtús gur faoi chuma an chlub oíche a bhí Eithne ag fiosrú. 'S ansin, nuair ba léir dó gurbh é cuma Eoin a bhí i gceist aici, dúirt sé léi gur sa charr a bhí sé féin ag an am agus, ar aon chaoi, gurbh í an oíche a bhí ann agus go raibh sé deacair déanamh amach cén chuma a bhí air, olc maith nó dona.

As sin uile a d'fhás athbhorradh faoi shíol na fiosrachta i dtaobh Eoin athuair. Ní hé, ar ndóigh, go bhféadfadh sí cás a mic a dhearmad go hiomlán am ar bith, ach, d'aon ghnó, bhí iarracht éigin déanta aici ar gan ligean don fhadhb ró-chur isteach a dhéanamh ar a saol féin. 'S cén fáth go ligfeadh nuair nach raibh sé féin sásta aghaidh a thabhairt air mar fhadhb? Ach chuir tuairisc Bhreandáin athnuachan faoin bhfiosracht agus is í an fhiosracht chéanna atá ina hintinn ag Eithne ó shin. Gan aon teagmháil aici le Muintir Mhic Raghnaill cheana, ach nós aici i ndiaidh scéala Bhreandáin a chloisteáil glaoch teileafóin seachtainiúil a chur ar mháthair Chillian féachaint an bhfuil cur amach ar bith aici sin ar Eoin.

"Bhuel, a Bhean Uí Fhloinn, creid é nó ná creid, d'ainneoin is go bhfuil sé luaite ag Cillian go mion minic, níor chas mé riamh ar do mhacsa," arsa Bean Mhic Raghnaill an chéad uair sin ar labhair Eithne léi.

Bean lách thuisceanach, a shíl Eithne an uair sin, 's gan fáth ar bith aici an tuairim sin ina taobh a athrú ó shin. Ach é i mbarr a cuimhne ag Eithne i gcónaí gur bhean í a bhí saonta soineanta chomh maith. Ach b'ait léi nár chas sí riamh ar Eoin. Eithne cinnte de gur thagair Eoin ó am go chéile do bheith ag caint le Bean Mhic Raghnaill. Ach sea, bean shaonta shoineanta gan dabht ar bith.

"Ó, Cillian s'againne," ar sí, nuair a mhínigh Eithne cúlra an fhiosrúcháin di, "ní bheadh aon bhaint aigesean le drugaí nó a leithéidí, seachas an cúnamh a thugann sé dá athair sa siopa ó am go chéile, ar ndóigh."

"Ar ndóigh," arsa Eithne.

"Ní fheicimid chomh minic sin anois é ó ghlac sé an bhliain saoire ón ollscoil, ach tá a fhios agam go mbíonn Cillian agus Eoin i gcomhluadar a chéile go rialta fós, a Bhean Uí Fhloinn. Mar sin, tig leat a bheith cinnte de nach bhfuil do mhacsa ag plé le drugaí, ar aon chaoi, agus é i gcuideachta Chillian s'againne. Go deimhin, an uair dheireanach a bhí Cillian anseo, tá trí nó ceithre lá ó shin, luaigh sé go raibh Eoin ar cuairt san árasán aige."

"Árasán!" arsa Eithne, agus ba léir ar a tuin chainte gur bhain an tagairt d'árasán siar aisti.

"Sea, a Bhean Uí Fhloinn, árasán Chillian atá mé a rá, Bhuel, ní leis féin é, ar ndóigh, ach shíl muid, nuair a thosaigh sé ar an tríú leibhéal, go mbeadh sé áisiúil dó a bheith gar don ollscoil agus a bheith lárnach, mar a déarfá. Laghdódh sé ar an aistear laethúil isteach 's amach thar thréimhse cheithre bliana, tá a fhios agat. Mar sin, bheartaíomar árasán a cheannach i lár na cathrach. Ansin, nuair a ghlac sé an bhliain seo saor ón ollscoil, shíleamar gurbh fhearr dó — ar mhaithe lena neamhspleáchas féin, an dtuigeann tú — a bheith amuigh leis féin i gcónaí. Agus is infheistiú dúinn féin é thar aon ní eile, agus tá liúntas cánach ag gabháil leis i gcónaí, ar ndóigh."

"Ar ndóigh!" arsa Eithne arís, agus a hintinn á líonadh leis na féidearthachtaí breise a chuirfeadh áis mar sin ar fáil do Chillian agus Eoin.

Ach cén chiall iarracht ar bith a dhéanamh ar a thuilleadh a rá léi, a shíl Eithne. Cén mhaith a dhéanfadh sé a rá léi go raibh Cillian in éineacht le hEoin lá sin na cúirte, nó faoin gcomhrá sa teach tábhairne ar an lá céanna? Ní dhéanfadh sé ach buairt agus trioblóid a tharraingt aníos ar an mbean bhocht agus ar a fear céile. Tá a fhios ag Dia gur leor mar thrioblóid i dteach amháin é agus gurbh fhearr, b'fhéidir, gan scamall an duaircis a leathadh ar theaghlach eile fós. Mar sin féin, d'iarr Eithne cead glaoch a chur ar Bhean Mhic Raghnaill ó am go chéile — dá mba chuma léi sin. Ar a laghad, d'fhágfadh sin líne theagmhála éigin ar fáil di agus, dá mbeadh tuairisc ar bith i dtaobh Eoin, ba mhó seans a bheadh ann go gcloisfeadh sí é ar an dóigh sin.

"Cinnte, a Bhean Uí Fhloinn, cuir glaoch go seachtainiúil, más maith leat. Ní dochar ar bith riamh é dreas beag comhrá a dhéanamh i dtaobh na gcúrsaí seo. Maolaíonn sé ar an imní mura ndéanann sé a dhath ar bith eile."

Sea, bean lách gan dabht ar bith. Ach an glaoch deireanach — tá trí seachtainí ó shin anois — sin é a chuir ar Eithne éirí as glaoch uirthi a thuilleadh. Dhá stangadh as a chéile a baineadh aisti. Agus dá dhonacht é an chéad scéala ag Bean Mhic Raghnaill, ba mheasa fós d'Eithne é an dara ceann.

"Taom croí," arsa Bean Mhic Raghnaill, agus í ag insint faoin mí-ádh a bhuail a fear céile. "Ach, buíochas le Dia, tá Cillian ar an mbliain saoire ón ollscoil agus breis agus leathbhliain le dul fós sula bhfilleann sé ar bhliain na céime. 'S tá sé gach pioc chomh cumasach lena Dhaid sa ghnó, idir shiopa agus shaotharlann. Ar ndóigh, cén fáth nach mbeadh agus trí bliana den chúrsa céime san eolaíocht curtha de aige agus é mar chúntoir sa siopa lena Dhaid ó bhí sé dhá bhliain déag d'aois. Is beag eolas atá ag a Dhaid nach bhfuil ag Cillian féin faoin am seo, buíochas mór le Dia."

Ní cuimhin le hEithne fós an ndearna sí comhbhrón ar bith leis an mbean bhocht as a fear céile a bheith sínte tinn. Ró-ghafa lena cás féin a bhí Eithne ag an bpointe sin agus, ó shin i leith, níl de smaointe aici ach a bhféadfadh a bheith ar siúl ag Cillian sa tsaotharlann ar chúl an tsiopa. É sin agus Eoin. An bhfuil seisean i gcomhpháirtíocht le mac an phoitigéara ina bhfuil ar siúl aige? Is cinnte, más comhartha ar bith é an comhrá a bhí acu lá úd na cúirte, nach gcaillfeadh Eoin an deis chun a bheith páirteach sa chamastaíl.

* * *

Brú tráchta sa chathair an mhaidin seo ach gan ró-imní ar Eithne agus í ina suí taobh thiar de veain. Diosca sféarach buí greamaithe d'fhuinneog chúil an veain agus 'I' dubh dána air. An é sin An Iodáil, a shíleann sí, nó an 'IT' atá acusan? Nó Iosrael, b'fhéidir. Níl a fhios aici go cinnte. 'S céard a bhíonn ag an Íoslann, más ea? Agus an Ind agus mórán eile? Nach cuma, dáiríre, ar sí ina hintinn féin. Is deas di é a bheith ina suí ansin ina cairrín beag 's gan aon fhíor-bhrú uirthi d'ainneoin brú an tráchta lasmuigh. Agus samhlaigh a mhinice le fiche bliain anuas go ndúirt Breandán nach bhféadfaidis costas an dara carr a sheasamh ar bhealach ar bith …

"Ar phá mhúinteora!" a déaradh sé. "Pá mhúinteora, a Eithne! An as do mheabhair atá tú, a bhean. An é go gceapann tú …"

Leathann miongháire ar a béal agus í ag cuimhniú anois air. A leithéid de dhifríocht idir Breandán agus Mait. Gan aon chuid den diúltachas sin a bhí de shíor ar ghob Bhreandáin ag baint le Mait, ach a mhalairt ar fad …

"Carr, a Eithne!" a déaradh Mait. "Féach, a chroí, tá tú caillte dá uireasa sa lá atá inniu ann. Tá a fhios ag Dia go bhfuil sin ag dul duit, ar a laghad, agus a bhfuil de bhlianta fada oibre déanta agat sa mbaile."

Go fiú a dhearcadh i dtaobh céard is obair ann, tá sé úr, difriúil — an-difriúil thar mar atá dearcadh Bhreandáin. Difríocht an tsaoil, go deimhin. Is minic fós í ag déanamh iontais de go raibh sé d'fhéinmhuinín aici glacadh lena chuireadh dul le haghaidh dí leis an chéad lá úd, tá ceithre mhí ó shin anois. Gan an oiread sin d'aithne aici air ag an am, go fiú, agus gan i gcoitinne acu ach go raibh a ndeasca gar dá chéile in oifig an Chomhair Chreidmheasa. Gan eatarthu ach Caroline, bainisteoir na hoifige. Is minic í féin agus Mait á rá gur maith an rud é go bhfuil Caroline eatarthu. Leathann meangadh fós eile ar a béal agus an smaoineamh sin chuici.

Bíp-bíp. Bí-bí-bí-bíp.

Roptar Eithne as an aisling de phreab. Breathnaíonn sí sa scáthán cúil agus feiceann sí an dá lámh á gcaitheamh san aer ag tiománaí an chairr taobh thiar. Tá an veain ón Iodáil nó Iosrael, nó pé áit lena mbaineann sé, leathchéad slat thíos an bóthar uaithi faoi seo. Scaoileann sí an coscán láimhe agus gluaiseann ar aghaidh go réidh nó go dtagann sí a fhad leis an veain arís. Síneann sí lámh i dtreo an raidió agus casann air é. Í díreach in am do chinnlínte na nuachta. Suntas á thabhairt aici don bpríomh-cheannlíne ach, ina dhiaidh sin, bogann an trácht ar aghaidh dreas beag eile agus is air sin a dhíríonn sí a haird ansin. An carr ina sheasamh fós uair amháin eile nuair a chloiseann sí ruball cinnlíne éigin eile. Ansin ...

"Tá na Gardaí ag fiosrú an dóiteáin i Siopa Poitigéara Mhic Raghnaill i mBaile an Chnocáin san oíche aréir. Thóg sé trí aonad de Bhriogáid Dóiteáin Átha Cliath chun an tine a cheansú agus tuairiscítear go ndearna an dó smearabhán den bhfoirgneamh. Tá Siopa Mhic Raghnaill ar cheann den bheagán siopaí poitigéara i ndeisceart Átha Cliath a bhfuil sé de chead acu an druga íocshláinteach Meiteadón a dháileadh ann. Tuairiscítear nár gortaíódh éinne sa loscadh. Ní fios ag an bpointe seo an dó mailíseach a bhí i gceist nó nárbh ea ach tá na Gardaí ag leanacht dá bhfiosrúcháin ..."

Athrú aoibhe láithreach ar Eithne. Siopa Mhic Raghnaill! Na créatúir bhochta, a shíleann sí. Cheapfá go raibh dóthain de thubaiste buailte orthu lenar tharla d'fhear an tí bocht. Bean Mhic Raghnaill a thagann chun a cuimhne ansin agus ina dhiaidh sin Cillian.

"Cillian!" ar sí os ard sa charr. "Cillian agus Eoin! Ó, ná habair! Nár lige Dia gurb ea."

14

Caroline agus Mait san oifig roimpi ar shiúl isteach d'Eithne.

"Mora daoibh," ar sí.

"Eithne!" arsa Caroline. "Anois díreach a bhí glaoch duit — fear éigin darb ainm Paul O'Keefe. D'fhág sé uimhir duit. Fan soicind go n-aimseoidh mé é." Agus leis sin, brúnn Caroline a cathaoir roithíneach amach ón gcuntar agus seolann í féin sall go dtí an deasc ag taobh eile an tseomra. Caochann Eithne leathshúil le Mait i nganfhios do Charoline le linn dá comhghuaillí an seomra a thrasnú ar an gcathaoir. Miongháire aige sin le hEithne.

"Sin agat é," ar sí, agus baineann sí blúirín páipéir as ciseán na litreacha agus síneann chuig Eithne é. "Áit éigin i lár na cathrach, is cosúil, de réir dhul na huimhreach sin," ar sí.

Strainc ar Eithne agus í ag strachailt le peannaireacht Charoline. "Sea, is cosúil gurb ea. Paul O'—"

"O'Keefe," arsa a comrádaí, agus í á dheimhniú arís eile di. Na huimhreacha á mbualadh amach ar chlár an teileafóin cheana féin ag Eithne.

"Paul O'Keefe, Paul O'Keefe. Níl a fhios agam ó thalamh an domhain cé hé féin. An ndúirt sé —"

"Hello, Pearse Street," arsa an guth ag ceann eile na líne, agus stop á chur le caint Eithne.

"Pearse Street! An stáisiún traenach?"

"Ní hea, go deimhin, ach stáisiún na nGardaí. An é an stáisiún traenach atá uait?"

"Bhuel, ní hea. Sé sin, ní dóigh liom gurb ea — bhuel, níl a fhios agam chun an fhírinne a rá. Fágadh teachtaireacht dom glaoch ar an uimhir seo agus Paul O'Keefe a lorg."

"Ó, tá tú san áit cheart, ceart go leor. Fan nóiméad, le do thoil. Cé tá ag caint?"

"Eithne Nic Ruairí is ainm dom," ar sí, agus ansin, de dheifir, "nó Uí Fhloinn, b'fhéidir."

Gáire ag an bhfear ag ceann eile na líne. Tuigeann Eithne ciotaí an fhreagra atá tugtha aici. Go deimhin, is le deireanas féin atá sí tosaithe ar a sloinne réamhphósta a úsáid athuair. Ní haon iontas é go ndéanfadh mo dhuine gáire fúithi. Níl sí féin, go fiú, imithe i dtaithí air go hiomlán ach, toisc an scaradh dlíthiúil a bheith ag dul tríd i láthair na huaire, gan trácht ar iarratas ar chealú eaglasta a bheith istigh aici, tá cinneadh déanta aici a sloinne féin a úsáid feasta.

"Uí Fhloinn, is dócha," ar sí. Gáire arís eile ó mo dhuine ach gan aon dochar ann.

"Maith go leor. Nóiméad amháin, le do thoil, agus cuirfidh mé ar aghaidh tú."

Gan an cúig soicind féin imithe sula bhfreagraítear arís í.

"A Bhean Uí Fhloinn, Paul O'Keefe anseo. Go raibh maith agat as glaoch ar ais orm."

Stad sa chaint soicind nó dhó 's gan a fhios ag Eithne céard é go baileach is ceart di a rá. Aithníonn an garda é sin uirthi agus labhraíonn sé arís.

"Anois, ní haon ró-chúis imní é ach tá mac leat faoi choinneáil anseo sa stáisiún againn."

"Eoin!" arsa Eithne, agus tagann an mhír nuachta chun a cuimhne arís. Ní hé gur éirigh léi é a chur di go hiomlán ó chuala sí ar ball é, ar aon chaoi. Chun an fhírinne a rá, tá sé mar ghriogadh intinne uirthi ó shin.

"Sea, Eoin. Tugadh isteach anseo é thart ar a sé a chlog ar maidin agus bhí orainn é a thabhairt go dtí an t-ospidéal le go gcuirfí cóir leighis air."

"Cóir leighis!" arsa Eithne — é soiléir ar a glór anois go bhfuil an t-imní úd a theastaíonn ón ngarda a sheachaint ag méadú uirthi cheana féin.

"Sea, ach mar a dúirt mé, ní haon ábhar mór buartha duit é, dáiríre."

Ligeann Eithne osna aisti. Gach iarracht ag an ngarda ar shólás a thabhairt di á déanamh níos buartha ar feadh an ama in áit a mhalairt de thoradh a bheith air.

"Céard é? Céard tá cearr leis?"

"Tá sé togha anois, a Bhean Uí Fhloinn, togha ar fad. Mionrud ar deireadh é, ach bhí sceanach i gceist."

"Sceanach!" arsa Eithne, agus í anois níos measa ná riamh ó thaobh imní de. "An bhfuil tú á rá liom gur sádh é, an ea? Ó, a thiarcais Dia!" arsa Eithne, agus scaoileann sí an dara hosna aisti. Ansin tá ciúnas soicind nó dhó.

"Mar a dúirt mé, a Bhean Uí Fhloinn, níl sé go dona ar chor ar bith. Go deimhin, is mó gur stróiceadh é ná sá. Ach is dóigh liom gurbh fhearr go dtiocfá go dtí an stáisiún ar dó luath-chaoithiúlacht."

Gan aon chaint eatarthu ina dhiaidh sin, nó ba chirte a rá nach bhfuil aon chuimhne ag Eithne ar aon chaint a bheith eatarthu ina dhiaidh. Í anois ag deifriú léi trí shlóite na cathrach ar an mbealach go dtí Stáisiún an Phiarsaigh di. Ráillí dorcha Choláiste na Tríonóide mar a bheidís ag scinneadh thairsti agus í á sníomh féin trí phlódanna na gcoisithe. Í duairc san éadan agus raidhse smaointe ag líonadh na hintinne uirthi — iad á tuargaint. An bhfuil

Eoin ceart go leor? An measa é ná mar atá ráite ag Paul O'Keefe léi? Céard eile atá leis seo mar scéal? Cén chaoi ar éirigh leis na Gardaí ise a aimsiú ar chor ar bith?

Ó, nach aici a bhí a fhios a luaithe agus a chuala sí an tuairisc nuachta úd ar an raidió go mbeadh baint éigin ag Eoin leis. Í cinnte de anois go bhfuil baint ag an sceanach seo le scéal an dó.

Bííííííp — bí-bí-bí-bíp.

Rabhadh bagrach an bhus agus díoscán na gcoscán a thugann as seascann trangláite na hintinne í. Léimeann an croí de phlimp inti. A Chríost, ba mheasa i bhfad ná sceanach a dhéanfaí uirthise murach fear an bhus a bheith chomh hairdeallach sin.

"Shílfeá go mbeadh an casán sách fairsing duit, a bhean, gan tú a bheith ag rith amach os mo chomhair-se," arsa fear an bhus amach an fhuinneog léi. Ansin síneann sé corrmhéar i dtreo an fhirín bhig dheirg ag soilse na gcoisithe. Gan ró-mhailís sa chasaoid seo aige, áfach. Go deimhin, seans gur mó an croitheadh dósan é ná mar atá bainte as Eithne. Croitheann sé a chloigeann agus bogann leis ar aghaidh i dtreo chroílár na cathrach.

Eithne croite go maith ina dhiaidh sin féin. É sin sa mhullach ar í a bheith trína chéile cheana féin ag drochscéala Eoin, ach, ar bhealach aisteach éigin, éiríonn leis an dara croitheadh seo í a thabhairt go hiomlán chun aitheantais athuair. Stáisiún an Phiarsaigh ar a haghaidh amach anois. Osna aisti, ansin anáil mhór agus trasnaíonn sí an tsráid.

* * *

An garda a labhraíonn sí leis san oifig fháiltithe á tabhairt síos dorchla fada cúng. Doirse chaon taobh di fad an phasáiste agus í ag súil leis ar feadh an ama go gcasfar isteach ar cheann éigin díobh. Iad beagnach ag ceann an dorchla ar fad nuair a dhéantar sin.

"Bean Uí Fhloinn," arsa an garda a thugann ann í, ansin seasann sé ar leataobh agus ligeann isteach sa seomra í. Feiceann Eithne Eoin bonn láithreach ar shiúl isteach di. Créacht fhada ar an leathleiceann chlé aige agus greamanna dubha teanna á coinneáil dúnta. Cuma amh ar an ngoin — é deargchorcra san áit a fháisctear an dá liopa feola ar a chéile arís. Osna eile aisti. 'S dá mbeadh a fhios aici nárbh é seo an t-aon ghearradh a rinneadh air le roinnt míonna anuas is mó ná osna a ligfeadh sí aisti. Dá n-inseofaí di faoin oíche eile úd ar ghearr an Brádach Mór an leathleiceann eile air! Ach siúd an Garda O'Keefe chuici ar an bpointe. Murach sin, cá bhfios nach dtitfeadh sí i bhfanntais ar an bpointe lena bhfuil le feiceáil aici.

"A Bhean Uí Fhloinn, go raibh maith agat as teacht. Is mise Paul O'Keefe," ar sé, agus síneann a dheasóg chuici. "Nóiméad amháin, le do thoil," ar sé, 'gus é ag breith ar an leathuillinn uirthi agus treoraíonn amach as an oifig athuair í.

Eithne sa dorchla arís. Stiúraíonn an Garda O'Keefe í i dtreo ceann den dá chathaoir atá píosa thíos uathu agus suíonn siad.

"Caithfidh mé a rá leat go raibh an t-ádh dearg leis an babhta seo, a Bhean Uí Fhloinn." Cuma na míthuisceana fós ar Eithne agus is léir sin don gharda.

"Tá a fhios agat gurb é seo an ceathrú huair le trí mhí anuas ar tugadh isteach anseo é." Arís eile, is léir don gharda ar aoibh Eithne gurb é seo an chéad uair di a dhath a chloisteáil faoi Eoin a bheith faoi chúram na ngardaí ar fáth ar bith, seachas an uair ar tugadh chun na cúirte é.

"An amhlaidh nach bhfuil a fhios agat faoi na huaireanta eile?"

"Uaireanta eile! Níl. Níl a fhios agam dada faoina bhfuil ar siúl ar chor ar bith," arsa Eithne, agus flustar ag teacht uirthi. "Ní fhaca mé Eoin le breis agus trí ráithe. Lá na cúirte anuraidh, go deimhin — sin í an uair dheireanach a chonaic mé Eoin."

"Hmm!" arsa an garda. "Bhuel, is minice i bhfad ná sin atá do mhacsa feicthe againne ó shin, más ea. Níl a fhios agat, mar sin, dada faoin gcogadh dearg atá ar siúl idir na barúin drugaí anseo i lár na cathrach."

"Cogadh dearg!" arsa Eithne. A fhios aici, ar ndóigh, go bhfuil baint ag Eoin le drugaí. Agus, ar ndóigh, is ró-mhaith is eol di faoin seancheangal idir Eoin agus Cillian. Ach focail ar nós 'cogadh dearg' agus 'barúin', cuireann siadsan creathán tríthi. É dona go leor an chéad lá riamh go raibh sé ag gabháil de dhrugaí é féin ach an chosúlacht anois ar an scéal go bhfuil an ceart aici san amhras a bhí uirthi i dtaobh Eoin.

"Sea, a Bhean Uí Fhloinn, agus tá do mhacsa, Eoin, i gceartlár an chogaidh chéanna."

"Eoin!" Gan aon ró-iontas le sonrú ar thuin a gutha an uair seo. Ar bhealach, tá nithe á soiléiriú féin di.

"Sea, ní maith liom sin a rá leat ach is amhlaidh atá."

Airíonn Eithne tocht ag teacht anois uirthi. Leis sin, cromann sí a cloigeann agus caoineann sí i láthair an gharda. Tá seisean tuisceanach go maith dá cás agus ligeann sé di pé frustrachas, pé brón, pé díomá atá uirthi a chur di. Í ag smeacharnach léi ansin os a chomhair. Síneann sé naipcín póca chuici — é á shá isteach faoi bhun a héadain le nach mbeidh uirthi a haghaidh a ardú agus féachaint air — agus glacann sí uaidh é gan focal ar bith a rá. Corr-smeacharnach eile aisti ó am go chéile agus ansin, tar éis tamaillín, bailíonn sí a misneach athuair agus casann i dtreo an fhir atá ar an gcathaoir taobh léi.

"Céard é atá le déanamh más ea? Cén chaoi is féidir srian a chur air?"

"Bhuel, a Bhean Uí Fhloinn, ar do thaobhsa den scéal, níl sé baileach chomh simplí sin. Cuimhnigh go bhfuil do mhacsa in aois fir agus, ar a mhullach sin, níl sé in aon tigh leat féin agus le d'fhear céile a thuilleadh."

Cathú ar Eithne a rá leis nach ann do Bhreandán a thuilleadh ach an oiread, ach ritheann sé léi nach bhfuil aon dlúthbhaint aige sin leis an scéal ag an bpointe seo.

"Caithfidh tú a thuiscint, a Bhean Uí Fhloinn, gur beag ar fad is féidir leatsa nó liomsa nó le héinne eile a dhéanamh go dtí go dtoilíonn Eoin féin aghaidh a thabhairt go macánta ar a chás féin. Is mar sin atá an scéal le chuile andúileach. Ach an oiread le halcólachas, go dtí go mbeartaíonn an t-andúileach féin iarracht a dhéanamh ar an nós a chur de, is beag eile is féidir le héinne a dhéanamh ar a shon."

Croitheann Eithne a ceann. Tá seo cloiste aici cheana ón gcomhairleoir úd a ndeachaigh siad chuici nuair a fuarthas amach ar dtús faoi nós Eoin. Faraor nár tugadh éisteacht níos fearr don bhean chéanna seachas Eoin a bheith ag scigearacht faoina raibh le rá aici agus Breandán ansin taobh leis agus é ag tacú leis.

"Níl aon chás againne ina choinne anseo inniu," arsa an

Cuíveach. "Go deimhin, go fiú nuair a cheapaimid go minic go bhfuil cás againn, bíonn na handúiligh féin chomh heolasach sin ar mhion-sonraí an dlí go mbíonn sé rí-dheacair ar fad orainn iad a chúiseamh ar aon chaoi."

"Bhuel, níl a fhios agamsa céard é is fearr a dhéanamh. D'airigh mé nuair a bhí an dí-andúiliú déanta aige in Ospidéal Beaumont go mbeadh seans éigin go —"

"Dí-andúiliú?" arsa an Garda.

"Sea, tá a fhios agat ag am an cháis chúirte go raibh sé ag freastal ar chlár dí-andúilithe san aonad i mBeaumont."

"Bhuel, tá's, ach tá a fhios agat féin, ar ndóigh, nár chríochnaigh sé an clár céanna."

Titeann éadan Eithne lom láithreach i láthair an fhir óig — é soiléir dó nach raibh an t-eolas seo riamh aici. Ar ndóigh, ní raibh Eoin go fiú feicthe arís aici i ndiaidh lá na cúirte go dtí inniu féin.

"Sea, is oth liom sin a chur in iúl duit," arsa an Cuíveach. "De réir mar a thuigim, bhí sé corrach ar feadh an ama le linn dó a bheith ann, rud atá coitianta go maith i measc a leithéidí. Tá a fhios agat féin conas mar a bheadh — iad ag feiceáil andúiligh eile ag teacht agus ag imeacht agus gan ach an chaolchuid ar fad díobh ag fágáil na háite iomlán glan."

Croitheadh cinn ag Eithne. Í ciúin agus í fós ag iarraidh an drochscéala seo a réiteach ina hintinn. Cé gur shíl sí, ceart go leor, gur dócha go raibh Eoin ag plé le dáileadh na ndrugaí agus lena ndéanamh, go fiú, bhí sé i gcúl a cinn i gcónaí aici go raibh sé féin glan ar iad a thógáil.

"Bhí sé tagtha anuas cuid mhaith, ceart go leor — é chomh híseal le 25ml Meiteadón in aghaidh an lae nuair a chlis air, más buan mo chuimhne."

Croitheann Eithne a ceann arís.

"Tá an-bhrón ar fad orm, a Bhean Uí Fhloinn. Shíl mé go raibh seo uile ar eolas agat. Tríd an aonad i mBeaumont a fuaireas d'uimhir ghutháin ar maidin. Caithfidh gurbh é Eoin féin a thug sin dóibh mar uimhir theagmhála — dea-chomhartha ann féin ag an am, déarfainn. An iníon leat í sin a d'fhreagair an fón más ea? Ise a thug d'uimhir oibre dom."

"Sea, Sinéad," arsa Eithne, agus pléascann an gol arís eile uirthi. Cuireann an Cuíveach leathlámh le huillinn Eithne agus griogann beagán í. Éiríonn siad beirt agus siúlann leo fad an phasáiste. An Cuíveach den tuairim go ndéanfaidh sé leas na mná roinnt aeir úir a análú. Huth, aer úr chathair Bhaile Átha Cliath! Sroiseann siad ceann an dorchla agus buaileann amach faoin aer.

"Ní hé, ar ndóigh," a deir an Cuíveach, "go bhféadfá a bheith cinnte de go bhfanfadh sé glan den stuif, go fiú dá seasfadh sé fad an chúrsa."

Breathnaíonn Eithne air, í ag déanamh iontais de mhéid an eolais atá ag an bhfear caoin seo ar a macsa thar mar atá aici féin.

"Go deimhin," arsa an garda óg, "téann 97% díobh leis an nós arís taobh istigh de bhliain i ndiaidh dí-andúilithe."

"97%!" arsa Eithne.

"Sea, sin é é, a Bhean Uí Fhloinn. Mar sin, feiceann tú féin a dheacra is atá sé fanacht den stuif céanna nuair a fhaigheann sé greim ort."

Tost eatarthu go ceann leathnóiméid nó mar sin nuair a labhraíonn an Cuíveach arís.

"Níl a fhios agam ar chuala tú nuacht na maidine nó nár chuala, ach is faoi rud eile a ghlaoigh mé isteach anseo ort."

Teannas láithreach arís eile le haithint ar éadan Eithne. Í ceart a cheapadh go raibh baint éigin ag Eoin leis an dó a rinneadh ar Shiopa Mhic Raghnaill.

"Siopa an Phoitigéara, an ea?" ar sí.

"Díreach é," ar sé, "ach is dócha gur fearr é seo a phlé agus Eoin i láthair."

"Is dóigh liom é, a ..." Amhras ar Eithne an cóir di ainm an Chuívigh a úsáid.

"Paul," ar sé.

"Sea. Bhuel, is dóigh liom, a Phaul, gur fearr é a phlé ina láthair sin, ceart go leor."

"Rud beag amháin eile sula dtéimid isteach arís, áfach," arsa an Cuíveach. "Seans nach bhfuil a fhios agat faoin ngátar atá ann faoi láthair."

É soiléir ar aoibh Eithne nach bhfuil a dhath ar eolas aici faoi sin.

"Tá éigeandáil ann thar mar a bhí ag am ar bith eile riamh," arsa an Cuíveach. "Tá barúin drugaí na cathrach go nimhneach in adharca a chéile agus, lena bhfuil de theannas agus de choimhlint eatarthu, is beag leo sceanach nó an marú féin a fhad agus nach dtagann cúrsaí salach ar a gcuid camastaíola féin."

Aoibh na práinne, an fhaitís, an uafáis ar éadan Eithne anois. Agus leis sin, síneann an Cuíveach lámh amach roimhe agus treoraíonn sé Eithne ar ais i dtreo an dorais agus isteach leo sa phasáiste arís. Ar shroicheadh oifig Uí Chuív dóibh tá an doras ar leathadh fána gcoinne is gan tásc ná tuairisc ar Eoin istigh in áit ar bith. Breathnaíonn Eithne agus an Cuíveach ar a chéile agus, cé nach ndeirtear aon fhocal eile eatarthu, tuigeann siad nach aon dea-thuar é Eoin a bheith imithe mar atá.

15

Tigh Mad Benny an oíche chéanna agus an slua istigh. Gnáth-thormán na háite á fhógairt féin 's gan de dhifríocht idir seo agus an oíche atá imithe roimhe nó an ceann a thiocfaidh ina dhiaidh ach ainm an lae féin. An triúr Brádach ar an léibheann thuas ach gan aon rian de Johnny nó Cillian, nó Eoin, go fiú, i ngaireacht dóibh. San oifig thíos atá siadsan agus loscadh áit athair Chillian ag dó na geirbe acu. Johnny ina shuí siar go liodránta ar an gcathaoir roithíneach agus an dá chois aige in airde ar a dheasc, Cillian ag siúl sall is anall agus cuma sceitimíneach air agus Eoin agus leath-thóin leis crochta ar chiumhais dheasc Johnny aige.

"Luach na mílte euro a bhí réitithe againn, idir *E* agus *Smack* agus a fhios ag Dia féin céard eile. Scoth an ábhair i ngach aon fix díobh. Luach seachtó míle ar a laghad — ochtó, seans, nach ndéarfá, a Eoin?"

"Ó, ochtó ar a laghad, cheapfainnse féin," arsa Eoin.

"A Chríost, na seachtainí oibre ar thada! Céard sa frig a dhéanfaimid, a Johnny?"

"Tóg go réidh é, a Chillian-boy. Ró-imníoch ar fad atá tú."

"Ró-imníoch, a deir tú! Ró-friggin'-imníoch! Nach friggin' dána uait é a leithéid a rá liomsa nuair nach é áit d'atharsa atá i gceist. 'S cén port a bheadh agat dá ndéanfaí tóirse a chur leis an áit seo? Céard déarfá leis sin, a Johnny?"

Anuas le cosa Johnny den deasc de luas lasrach agus,

d'aon ghluaiseacht leis sin, osclaítear ceann de na tarraiceáin, beirtear ar fhlic-scian atá istigh ann agus brúitear Cillian siar in aghaidh an bhalla. Spréachadh gluaiseachta má chonacthas a leithéid riamh in áit ar bith 's gan an gaol dá laghad aige leis an gcuma réidh leisciúil a bhí ar Johnny ar ball beag.

"Céard sa foc atá i gceist agat leis sin, a Chillian, a bhuachaill? Bagairtín beag de chineál éigin, an ea? An ea, a Chillian?" arsa Johnny, agus brúnn sé rí na deasóige go láidir in aghaidh phíobán scornach Chillian agus ardaíonn lann na scine os comhair na súl air.

Eoin curtha ó chothrom ag gluaiseacht fhórsúil Johnny agus é ar a dhícheall na cosa a chur faoi arís áit ar scuabadh de chiumhais an bhoird é. Faobhar na lainne ag spréacharnach faoi sholas bán na hoifige 'gus práinn phreabanta ina bhfuil ag tarlú. Spadhar fuinniúil fraochta é ar thúisce dó an scannán *Psycho* a thabhairt chun cuimhne Eoin ná haon ní eile.

"A Johnny, Johnny, tóg go réidh é, maith an fear," arsa Eoin leis, agus idir sceitimínteacht agus éiginnteacht ar a ghlór. Casann Johnny a chloigeann siar go géar grod leis. Buile sna súile air.

"Dún do straois, tusa, a chunúis de leibide."

Is beag nach n-airíonn Eoin é féin ag preabadh siar lena mbaineann an chaint ghrod seo ag Johnny de thurraing as.

"Anois, a Chillian, ar mhaith leat a bheith rud beag éigin níos cruinne faoina bhfuil á rá agat, a bhuachaill?" arsa Johnny, go tomhaiste fuarchúiseach, agus brúnn sé barr na scine an-ghar do ph°lláire Chillian. An mhire úd in amharc Johnny atá feicthe cheana féin ag Eoin lánsoiléir do Chillian féin anois agus bior na lainne thíos á leanacht leis na súile aige. Fuarallas ar a chlár éadain agus airíonn sé droichead na bpolláirí ag déanamh an teagmháil is éadroime ar domhan le barr na scine de réir fhrasdul na hanála atá air.

"Jesus, Johnny, tóg go bog é. Ní raibh rud ar bith mar sin i gceist agam. Tá a fhios ag Dia nach raibh, dáiríre. Ar m'fhocal ní raibh." Na focail ag rith go triopallach as béal an ógfhir agus é ar a dhícheall cur ina luí ar Johnny nach bhfuil an rian is lú de bhagairt i gceist leis an méid atá ráite aige.

Leis sin, airíonn Cillian maolú éigin sa ghreim scornaí atá ag an bhfear eile air. Nó ceapann sé go n-airíonn — tá súil aige go n-airíonn. É sin aitheanta ag Eoin chomh maith.

"A fhad is go dtuigimid a chéile i gceart i dtaobh na gcúrsaí seo — huth!"

"Togha, togha, a Johnny," arsa Cillian.

Ansin, breathnaíonn Johnny siar arís ar Eoin. Arís eile preabann croí Eoin de gheit.

"Togha, togha liomsa freisin, a Johnny. Sea, gan fadhb ar bith — dáiríre," a deir Eoin.

Strainc ar mó de shiotgháire ná gáire lom é ar bhéal Johnny agus é ag cúlú siar ó Chillian. Clic, agus tá an lann cumhdaithe in ionathar chás na scine athuair. Is beag nach gcloistear osna an fhaoisimh ag an mbeirt eile nuair a chuireann Johnny ar ais sa tarraiceán é agus dúnann.

" 'S céard a tharla duitse, a Eoiní-boy?" arsa Johnny, agus ritheann sé a chorrmhéar go tréan ar fhad na gona ar leiceann Eoin. Baintear freanga as Eoin toisc tobainne na teagmhála. Binb na péine ag dul go smior ann. Cúlaíonn sé ó Johnny láithreach agus cuireann a leathlámh féin leis an gcréacht. An cloigeann leathchrochta ag Eoin anois.

"Ní tada é. Mion-scliúchas a bhí agam san oíche aréir,"

a deir Eoin.

"Mion-scliúchas, a bhuachaill! Huth! Ná bíodh an iomarca díobh sin agat más ea, nó beidh sé thar a bheith deacair orainn a bheith ag breathnú ort amach anseo," arsa Johnny, agus scaoileann sé uaidh an ghrág úd de gháire atá aige. Cuma asail air nuair a dhéanann sé gáire, dar le hEoin. Fonn air é sin a rá leis go minic, ach níl sé de mhisneach aige riamh é sin a dhéanamh. An misneach sin de dhíth air ar an ócáid seo chomh maith. Fonn air tagairt a dhéanamh do ghránnacht éadain Johnny féin lena bhfuil de línte sceanaigh á dtrasnú a chéile air. Ach gan de shásamh aige ach eascaine a dhéanamh ina intinn féin agus scaoileadh leis an drochbheart atá déanta ag Johnny air.

Buille an teileafóin a bhaineann an ghoimh den teannas go fóill beag agus díríonn Johnny aird anois air sin.

"Heileo."

An bheirt eile ag sméideadh ar a chéile — iad ag cur in iúl dá chéile gur fearr rudaí a chiúnú roinnt. Johnny ar an bhfón i gcónaí agus glagaireacht dhothuigthe an té atá ag ceann eile na líne le cloisteáil ag Cillian agus Eoin.

"Cé a dúirt?" arsa Johnny, agus casann sé chun breathnú ar a bheirt chomrádaí san oifig.

"Cé a friggin' dúirt, a d'fhiafraigh mé," agus, an babhta seo, cromann sé ar aghaidh sa suíochán agus deargann san éadan roinnt.

"Frank!" arsa Johnny.

Mionfhéachaint ag Cillian agus Eoin ar a chéile agus leibhéal na práinne le haireachtáil san oifig uair eile. Preabann Johnny ina sheasamh agus is léir an flustar i ndeirge a éadain anois.

"Bhuel, bíodh an diabhal ag an gcunús brocach. Is mise

úinéir na friggin' háite seo agus is mise a déarfaidh céard a dhéanfar agus céard nach ndéanfar — Twig?"

A thuilleadh den ghlagaireacht ghliograch ag ceann eile na líne agus spréachann Johnny.

"Dún," a scairteann sé, agus deirge a éadain ina chorcra anois. "Dún do effin' straois agus gabh i leith anseo chun na hoifige láithreach," agus radann sé glacadóir an fóin ar ais sa chliabhán arís.

"A Chríost sna Flaithis!" ar sé, agus báine na méar le sonrú air áit a bhfuil a dhá dhorn á mbrú anuas ar dhromchla na deisce oibre aige. Ansin casann sé agus gluaiseann go fiúranta go ceann eile na hoifige. "Friggin' caimiléirí!"

Scaoileann Johnny osna an fhrustrachais agus breathnaíonn an bheirt eile ar a chéile arís eile. Gan a fhios acu céard é is fearr le déanamh, ceist a chur nó fanacht ina dtost.

"An bhfuil —" a thosaíonn Cillian.

"Agus dún tusa chomh maith," arsa Johnny, agus casann sé 'gus síneann méar bhagrach leis an bhfear óg eile. "Tá mé tinn tuirseach de do chuidse cnáimhseála ar feadh an bloody ama. Anois, cuir friggin' sip air le go ndéana mé smaoineamh soicind."

Ach ní túisce ráite aige ná díbrítear deis an smaoinimh féin nuair a chnagtar ar dhoras na hoifige.

"Isteach," a bhéiceann Johnny.

Cnag eile fós.

"I-fuckin'-steach, a dúirt mé, a chollaigh. An bhfuil tú shaggin' bodhar, an bhfuil, a liú—!" agus osclaíonn sé féin an doras fá choinne an té atá lasmuigh sula gcríochnaíonn sé an masla, go fiú. Agus tarraingítear an diabhal bocht isteach san oifig.

"Anois, céard é an cacamas seo ar an bhfón agat faoin uisce a bheith gearrtha?"

Rian na scéine ar shúile an ógfhir agus é i láthair Johnny — solas na hoifige ag glioscarnach iontu.

"Ní-ní gearrtha a d-dúirt mé, a Johnny, ach stoptha."

"Arae, gearrtha, stoptha — nach é an rud céanna é! Téigh agus déan rud éigin faoi. Níl sé ach an aon déag a chlog agus, má mhúchtar ró-luath é sula mbíonn na buidéil s'againne ar díol i gceann uair an chloig, baileoidh na damhsóirí dtí diabhail leo go dtí club éigin eile."

"Ach tá Frank —"

"Agus abair le Frank a thóinín beag Gaelach a thabhairt anseo láithreach le go míneoidh sé a bhfuil de chleasaíocht ar siúl aige," a bhúireann Johnny leis an bhfear óg.

"Ach, a Johnny —"

"Abair leis é," arsa Johnny den dara huair.

"Ach ní hé Frank a rinne an cinneadh ina thaobh, a Johnny." Go lom giorraisc tapa a deir an fear óg é seo le nach gcuirfear isteach air i lár cainte arís. Ciúnas míshuaimhneach anois san oifig, an uile dhuine díobh ag breathnú ar a chéile. Ansin, go réidh meáite:

"Cén diabhal imeartas é seo agat liom, a bhuachaill?" arsa Johnny. "Nach ndúirt tú liom gurbh é Frank a rinne — huth?"

"Sea, dúirt, a Johnny, ach é sin faoi stiúir na mBrádach."

"Faoi stiúir na mBrádach! Céard tá á rá agat, a dhuine? Nach bhfuil mé féin agus na Brá—"

"Sea, a Johnny, an Brádach Mór a dúirt leis é a dhéanamh agus tá an seastán uisce in airde acu féin agus iad á dhíol."

Tobainne an chiúnais faoi réim san oifig athuair ach, an babhta seo, ní hé an míshuaimhneas go príomha atá le brath, ach an díchreidmheacht. Súile Johnny i gceangal i súile Chillian, ansin i súile Eoin agus ansin i súile an fhir óig a glaodh chun na hoifige. A phaiste beag féin — paiste Johnny the Fix — á thógáil ag na Brádaigh.

"Amach," arsa Johnny go réidh leis an ógánach.

Amhras ar an bhfear óg, é idir bheith ag bogadh agus ag fanacht mar atá.

"Amach, a dúirt mé. Amach, amach, amach," ar sé go spadhrúil, agus déanann Johnny an diabhal bocht a shluaisteáil go borb amach as an oifig agus plabann an doras dúnta ina dhiaidh. Casann Johnny, brúnn a dhroim go láidir leis an doras agus breathnaíonn go fraochta ar an mbeirt istigh.

"Buinneach! Buinneach agus cac mór muice air," ar sé.

16

Cosa Eithne ag feidhmiú dá ndeoin féin faoi seo. Caithfidh go bhfuil urlár na cistine siúlta míle uair aici má tá uair amháin féin. Cén diabhal atá ar Bhreandán nach bhfuil glaoch curtha aige? Iarracht déanta aici teacht air ar maidin nuair a ghlaoigh sí ar an scoil as oifig an Gharda Uí Chuív. 'S nach mbeadh a fhios agat é! Thar aon lá eile ariamh bhí sé imithe ar chúrsa inseirbhíse. Eisean a bhíodh de shíor ag geonaíl faoina laghad deiseanna inseirbhíse a thugtaí do na múinteoirí Gearmáinise! Cúrsa maidine, a dúirt rúnaí úr na scoile léi, agus bheadh sé ar ais ar scoil tráthnóna. Teachtaireacht fágtha ag Eithne dó glaoch uirthi faoi phráinn. Idir uimhir oibre agus uimhir bhaile tugtha aici don rúnaí. Ach nuair nár ghlaoigh sé faoina sé a chlog ní raibh de rogha aici ach scairt a chur air san mbaile. Ar ndóigh, ní raibh sé ann. Amy a d'fhreagair — an chéad uair d'Eithne labhairt léi ó thréig Breandán a chlann féin. Tús na cainte eatarthu ciotach go maith ach níorbh in ba thábhachtaí. A himní i dtaobh Eoin curtha in iúl d'Amy aici agus cinntiú tugtha ag Amy di go gcuirfeadh sí ar Bhreandán glaoch a chur a luaithe agus a thiocfadh sé abhaile. Sracfhéachaint ag Eithne ar chlog na cistine. É dhá nóiméad déag tar éis a haon déag. Osna.

"A Mhuire Mháthair, cén mhoill atá air ar chor ar bith?"

Beireann Mait greim láimhe uirthi agus í ag dul thar an gcathaoir ar a bhfuil sé agus déanann í a fháscadh. É féin ag déanamh comhluadair léi ó chríochnaigh siad san oifig tráthnóna. Mar thacaíocht mheanman thar aon ní eile atá sé ann. Gan casta aige ar Eoin, go fiú, 's gan de chur amach aige ar a chás ach a bhfuil inste ag Eithne dó in imeacht na míonna ó chas siad ar a chéile. Gan aon aithne aige ar Bhreandán ach an oiread. É beagáinín ar bís ann féin go mb'fhéidir go mbeidh sé ag castáil air anocht. A fhios ag Eithne an t-ádh dearg a bheith léi fear mar Mhait a bheith mar leannán aici. Is iomaí fear eile a bheadh glan-bhailithe leis a luaithe agus a luafaí drugaí. Is rímhaith is eol di sin.

Cromann Eithne, pógann sí Mait ar an gclár éadain agus leanann uirthi sa siúl arís. Spléachadh eile fós ar an gclog. A Thiarcais! Trí nóiméad déag tar éis a haon déag! Nach mall é aistear an ama san uair a mbíonn trioblóid ort, a shíleann sí di féin.

"Cuir fút go ceann tamaillín, a chroí," arsa Mait. Is í an chéad chaint atá eatarthu le cúig nó sé de nóiméid anuas. Osna ó Eithne, tagann sí a fhad le ceann de na cathaoireacha agus íslíonn í féin chun suí. Is ar éigean a theagmhaíonn a tóin leis an gcathaoir nuair a bhuaileann an fón. De phreab a sheasann sí athuair agus an fón ina glac aici roimh an dara buille.

"Sea," ar sí. É sin féin íorónta mar bheannacht aici, dá gcuimhneodh sí ar a mhinice a déaradh sí le hEoin gan an fón a fhreagairt ar an dóigh sin.

"Eithne!"

"A Bhreandáin! Buíochas le Dia!" Agus cuireann sí leathlámh ar bhéalóg an ghlacadóra agus sméideann ar Mhait á rá leis gurb é Breandán atá ann. Amhail is nach dtuigeann Mait sin cheana féin nuair a chloiseann sé an t-ainm á lua aici.

"Cén mhoill a bhí ort ar chor ar bith, a Bhreandáin, nár ghlaoigh tú roimhe seo?"

Gan a fhios ag Mait cén freagra a thugann Breandán air sin agus, dáiríre, nach cuma? Is é atá tábhachtach ná go bhfuil an teagmháil déanta. É ina chaint eatarthu — Eithne ag míniú faoi chúrsaí na maidine agus faoi mar atá sí buartha faoi Eoin toisc an méid a chuir an Garda Ó Cuív ar a súile di maidir leis an achrann atá tite amach idir na barúin drugaí.

"Tá Eoin s'againne ina cheartlár, más fíor an méid a dúradh liom," ar sí.

A thuilleadh cainte eatarthu ar feadh píosa agus plé ar céard é is fearr le déanamh. Iad ar aon fhocal ar deireadh gur beag ar fad is féidir leo a dhéanamh ach ligean do chúrsaí titim amach mar a thiteann agus a bheith ag súil leis gur toradh maith a bhíonn ar an titim amach céanna.

"Níl. Tá Sinéad ina codladh. Tá Mait in éindí liom anseo," ar sí, rud a bhaineann siar de chineál as Mait féin. Is léir dó gur fhiafraigh Breandán di an raibh sí ina haonar. Gan a fhios ag Mait arbh eol do Bhreandán riamh a leithéid a bheith ann go dtí seo.

Deasghnátha na cúirtéise idir Eithne agus Breandán ina dhiaidh sin 's gan aon socrú déanta i dtaobh rud ar bith. É sin ina ábhar imní ag Eithne anois nuair a fhilleann sí ar an mbord.

"Tá an ceart aige, a Eithne, a stór," arsa Mait léi. "Is beag is féidir a dhéanamh ach an fanacht féin. Fanacht agus guí, is dóigh liom." Croitheadh cinn aicise agus suíonn sí. Na deora go hard sna súile uirthi.

"Cupán caifé?" ar sé.

Croitheadh cinn arís aicise agus ardaíonn sí a deasóg chun stop a chur le titim deoire.

* * *

"Céard sa diabhal atá ar siúl agat anseo, a Frank — huth?"

"Johnny!"

"Johnny tada, a Frank. Céard sa frig a cheapann tú a bheith ar siúl agat anseo?"

Cuma sceitimíneach ar Frank i láthair Johnny. Cillian agus Eoin chaon taobh d'úinéir an chlub oíche. Bord beag íseal idir Frank agus an triúr, agus buidéil phlaisteacha uisce ina seasamh air. Breathnaíonn Johnny go déistineach ar na buidéil agus feiceann nach iad a chuid buidéal féin iad. Ardaíonn sé ceann díobh agus cuireann os comhair éadan Frank é.

"'S céard é seo, a Frank?"

"Buidéal uisce, a —"

"Tá a fhios agam gur shaggin' buidéal uisce é, a chunúis, ach céard sa frig atá á dhéanamh agatsa á dhíol?" Racht feirge ar Johnny a chuireann ar na línte sceanacha seasamh amach ina mbán ar a aghaidh.

"Na Brádaigh a dúirt lio—"

"Na Brádaigh! Na Brádaigh! Tá mé tinn tuirseach ag cloisteáil faoi na feckin' Brádaigh. Cé dó a bhfuil tú ag obair a bhuachaill?" a bhúireann Johnny leis an bhfear óg. Ansin beireann sé greim scornaí air agus tarraingíonn chuige é.

"Bhuel, a Frank, cé dó, huth?"

"Duitse, a Johnny, duitse."

"'S cé a íocann tú, a bhuachaill?"

"Tusa, a Johnny, tá 's agam," arsa Frank, agus na súile ar bior ina chloigeann lena bhfuil d'fhaitíos air roimh an bhfear eile.

"Sea, a bhuachaill, mise. Bhuel, cuimhnigh air sin feasta má theastaíonn uait do leas féin a dhéanamh," agus brúnn Johnny siar go borb é agus caitheann an buidéal uisce le lán a nirt isteach i gcroílár bholg Frank.

Leis sin, beireann Johnny greim ar chiumhais an bhoird, iompaíonn bun os cionn é agus scaiptear na buidéil phlaisteacha ar fud an urláir.

"Faigh réidh leis na friggin' buidéil seo go beo," a radann Johnny d'ordú le Cillian agus Eoin, agus casann sé chun breathnú ar an léibheann thuas. An triúr Brádach ina seasamh ag ráille na balcóine agus an uile chuid den eachtra thíos feicthe acu. Miondeirge i ngnúis an Bhrádaigh Mhóir thuas. Mire i súile Johnny thíos.

"Seo, seo, dtí diabhail leis na buidéil go fóill. Fágaigí seo go beo," arsa Johnny, agus déanann sé i dtreo an staighre bíse.

Na Brádaigh ina seasamh go bagrach ar an léibheann nuair a shroicheann an triúr eile barr an staighre bíse. Gan Johnny a bheith leath chomh misniúil agus a bhí thíos leathnóiméad roimhe seo, ach a fhios aige nach cóir dó é sin a léiriú ar a aghaidh. Daingníonn sé a bhéal — gan de thuiscint aige go bhfuil an easpa misnigh aitheanta ag an mBrádach Mór air cheana féin. Is measa fós é nach dtuigeann aon duine den triúr — Johnny, Cillian ná Eoin — go bhfuil sceana tarraingthe ag na Brádaigh agus iad faoi chlúid i muinchillí a gcasóga acu. Cúlaíonn na Brádaigh beagán — nós seanchleachtaithe acu a dhéanann a gcuid íobartach a shú isteach i gcónaí. Cúlú eile fós ag na Brádaigh agus anois tá a ndromanna le ráille miotalach na balcóine. Stánadh an triúr deartháir righin staidéarach — fir mhóra théagartha iad. Súile Johnny ag scinneadh go tréigthe ó dhuine go duine den triúr. Cillian agus Eoin níos measa fós ná Johnny. Gan guaim ar bith acu orthu féin, ach iad ag breathnú ar a chéile nó ar Johnny in áit a n-aire iomlán a dhíriú orthu siúd is cúis leis an treascairt atá déanta.

An brú ag méadú in intinn Johnny. Ní haon rún comhrá a thug anseo é, ach gan é de chrógacht ann anois aon ghníomh laochais a dhéanamh ach an oiread. Idir shiúl agus rith faoi nuair a thagann sé ar aghaidh ar deireadh — iarracht an ghaotaire, dáiríre. B'fhearr dó féin é, áfach, dá mba mheatachán amach 's amach é, arae, tá na Brádaigh réidh agus rí-réidh dó nuair a thagann sé. Scarann beirt díobh óna chéile agus Johnny ag déanamh orthu, tarraingíonn siar lámh an duine, ansin aniar arís de ropadh leis na lámha céanna, na sceana faoi ghreim iontu agus sánn siad go feirc i mbolg Johnny iad. Corp Johnny righin — é crochta ar an dá scian — bior ar a shúile agus an ghluaiseacht thíos, idir dhamhsoirí agus rothlú soilse, ag imeacht in ainriocht air. Cillian sa chúlra, é faoi cheangal ag an uafás agus é ag breathnú air seo uile. Scaoll anois faoi Eoin agus déanann sé láithreach ar an staighre bíse arís, ach tá an Brádach Mór ró-aclaí dó. Ró-láidir dó chomh maith. Greim fir ar ghasúr ag an mBrádach air anois is gan chor ná gíog as an bhFlannach óg.

An bheirt Bhrádach eile ag déanamh ar Chillian anois. É faiteach rompu. Iarracht aige cúlú uathu ach tagann siad anuas de ruathar air, beireann greim maith idir chosa agus lámha air agus scuabann ar aghaidh go dtí ráille na balcóine é. Cillian ag scréachaíl in ard a ghutha, é chomh hard sin go sáraíonn sé torann an cheoil agus go gcuireann ar na damhsóirí thíos stopadh den rince agus breathnú aníos ar a bhfuil ag tarlú. É ar crochadh amach thar chiumhais na balcóine anois ag na Brádaigh, 's gan le feiceáil acusan thíos ach cúl na colainne.

"Cillian," a bhéictear de scréach chúng chaol. Carole thíos a ligeann. Leis sin, scaoileann an bheirt Bhrádach den ngreim atá acu ar mhac an phoitigéara agus ligeann dó titim chun na talún.

Titim an choirp mar a bheadh sé mallghluaisteach. Lucht damhsa thíos ag breathnú ar an meall feola ar an mbealach chucu, an dá lámh air go heiteallach fraochta, na cosa spréite go hamscaí nó go dtiteann sé ina phleist phlabtha i gceartlár an urláir.

Scaipeann na damhsóirí láithreach, an chuid is mó díobh ag déanamh ar na doirse agus ag bailiú leo sula dtagann lucht an údaráis ar an láthair. É ina ghirle guairle ceart agus iad ag deifriú leo go scaollmhar. Rothlú shoilse ildaite an halla ag cur le hatmaisféar an líonrith. Ní túisce ina phráinn é ná tá an slua imithe. Duine aonair amháin a theannann leis an gcorp thíos anois agus a chromann os a chionn. Carole bhocht. Caoineadh fada géar uaithise agus cuireann sí a dá lámh faoi chloigeann Chillian. É fuar marbh ar leac mharmair an urláir agus an ceol ag pumpáil leis i gcónaí. 'S gan a fhios aici, go fiú, go bhfuil an dara corpán — corpán a deartháir féin — ar an léibheann thuas. An léibheann thuas!

"Seo, fágaimis seo go beo," arsa an Brádach Mór. "Beirigí libh an bastairdín beag sin," ar sé, agus sméideann sé ar Eoin, "agus caithigí slám díobh sin isteach ann ar an mbealach dúinn." Agus é á rá sin, caitheann sé mála beag de thaibléid *E* leo, ansin bailíonn leis an staighre síos.

17

Bréantas taise ag líonadh na bpolláirí air is túisce a aithníonn Eoin ar oscailt na súl dó. Solas fann os a chionn agus an chuma ar an tsíleáil go bhfuil sé ag rothlú thart go bagrach drochthuarach. Dúnann sé na súile agus osclaíonn go tobann arís — é ag súil le hathrú éigin ar a bhfeiceann sé, ach tá an rothlú ann i gcónaí. Níl de dhifríocht ann an uair seo ach go n-airíonn sé dó fíochmhar ar chraiceann a éadain. Déanann sé iarracht a dheasóg a ardú chun a bhaithis a chuimilt, ach ní féidir. Casann sé a shúile i dtreo na deasóige agus feiceann go bhfuil ceangal air. Spléachadh sciobtha ar an gciotóg agus 'sé an dála céanna é — é ceangailte de leaba champa de chineál éigin. Agus, a dhiabhail, nach é a aghaidh atá tinn!

"Seo, seo, a bhuachaillí, tá ár gcara ar ais linn," a chloiseann Eoin á rá. D'ainneoin na hiarrachta tá cinnte air a chloigeann a ardú chun go bhfeice sé an cainteoir. Ní gá sin, ar aon chaoi, arae, tagann crot fir idir é agus an radharc atá ar an tsíleáil aige agus cealaítear an ciapadh atá á dhéanamh ag gile an tsolais ar a shúile. Íslíonn an fear é féin ar a ghogaide agus teannann le héadan Eoin. An Brádach Mór.

"Tá tú ar an mbealach anuas, a Eoiní-boy," arsa an Brádach, agus cuireann sé an steallaire folamh os comhair shúile Eoin. Gan a fhios ag Eoin gur tugadh dalladh *E* dó níos luaithe san oíche agus go bhfuil sé á thabhairt anuas anois ar heroin.

"Ach bhí an-spórt againn agus tú ag teacht anuas, a

bhuachaill," arsa duine den bheirt Bhrádach eile, agus anois tagann seisean isteach i raon radhairc Eoin chomh maith, cromann agus cuireann rud eile fós os comhair shúile an fhir óig. É an-ghar dá shúile, pé rud é féin, agus tá ar Eoin an dá shúil a chúinniú isteach i dtreo a chéile le go bhfeice sé céard é féin ar chor ar bith. Pian bhinbeach ina chloigeann le casadh seo na súl. A Chríost! Scian! Scian an-fhíneáilte go deo.

"Scian-Scan," arsa an dara Brádach, agus déanann sé gluaiseacht mhear thrasnach le lann na scine, ansin pléascann amach ag gáire. Méid a bhéil iontach mór, a shíleann Eoin, agus ribí gránna gruaige ag gobadh amach as doircheacht na bpolláirí air. Dúnann Eoin na súile. Airíonn sé tinneas a éadain — leiceann amháin ach go háirithe. Fonn caointe air, ach ní ghéilleann sé dó. Brionglóid atá ann seans — tromluí, b'fhéidir — ar manglam gránna é de gach a bhfuil ag tarlú ina shaol le tamall maith anuas. Osclaíonn sé na súile arís agus is rí-léir dó nach aon tromluí é, ar aon chaoi.

Leis sin, tagann an tríú Brádach ar an láthair.

"Agus táimid chun tú a thabhairt aníos arís, a Eoinín bhig na nÉan," ar sé, agus lán a dhorn de Skag á oscailt os comhair shúile Eoin aige — stuif breacdhonn púdrach gránna. Na Brádaigh sna trithí os cionn Eoin agus a n-éadain ag dul in ainriocht air de réir mar a bhreathnaíonn sé orthu. Anois cromann an Brádach Mór ar aghaidh arís, cuireann a ordóg ar leiceann Eoin agus déanann é a mheilt go láidir in aghaidh an chraicinn. An crústa fola á bhriseadh, áit a bhfuil sé triomaithe i línte ar an leiceann. Pian arraingeach ar measa é ná rud ar bith a d'airigh Eoin riamh cheana ina shaol. Liú na péine á ligean as agus ansin airíonn sé an Skag á bhrú isteach ina bheál ina cheann agus ina cheann — é mar a bheadh na boinn á gcur isteach i meaisín sliotáin. Gan de neart aige iad a aiseag, go fiú. É i lámha Dé.

* * *

2.42am. Cloigeann Eithne ar ghualainn Mhait 'gus iad fós ar tholg an tseomra suí. Thart ar leathuair ó shin 'sea thit Eithne ina codladh ar deireadh. Leisce ar Mhait í a dhúiseacht agus a rá léi dul chun na leapa. B'fhearr í a fhágáil mar atá agus ligean di tairbhe an chodlata seo a bheith aici. Cibé is fiú é, is fearr ná a haimhleas a dhéanfaidh sé, ar aon chaoi. Bogann Mait a lámh go mall cúramach chun breathnú ar a uaireadóir ach, d'ainneoin chairéis na hiarrachta, ní éiríonn leis gan cur isteach ar Eithne.

"Mmm!" ar sí, corraíonn beagán, ansin leathoscailt na súl. Cuma an drogaill uirthi. Cuireann sí leathlámh lena béal agus glanann sileadh an chodlata di. Codladh grifín ar a géag áit ar fháisc sí í féin isteach faoi ghualainn Mhait. Na súile ar lánoscailt anois aici.

"Ó, a Mhait! Cén t-am é ar chor ar bith?"

"É ag druidim le ceathrú chun a trí, a stór?"

Aithníonn Mait gealach ina héadan. A fhios aige láithreach gurb é atá ar bharr a teanga aici ná tuairisc Eoin a chur agus sula gcuireann féin, ar sé: "Níl aon tuairisc air ó shin, a chroí."

Teannann sí níos gaire do Mhait arís. Fonn caointe uirthi ach gan d'fhuinneamh inti é sin féin a dhéanamh faoi seo.

"Seo, seo, a ghrá, nárbh fhearr duitse dul chun na leapa

agus codladh ceart a dhéanamh seachas an leathchodladh seo a bheith ort ar feadh an ama?"

Croitheadh cinn géilliúil ar Eithne leis.

"Fanfaidh mise i mo shuí agus má thagann aon scéala dúiseoidh mé ar an bpointe tú. Hmm! Céard deir tú?"

"Mmm, maith go leor, a Mhait."

Éiríonn Mait, cuidíonn sé le hEithne éirí aníos den tolg agus treoraíonn i dtreo an staighre í.

"Is fearr sin i bhfad ná a bheith ag fanacht anseo, gan ar do chumas a dhath a dhéanamh faoi rud ar bith agus a fhios ag Dia amháin cá bhfuil sé."

* * *

"An bhfuil sé fuckin' téite fós, an bhfuil?" a fhiafraíonn an Brádach Mór de dhuine dá bheirt deartháir.

"Gar do bheith, gar do bheith," arsa an deartháir, agus croitheann sé an spúnóg atá os cionn na lasrach aige sa chaoi is go ndamhsaíonn solas na síleála sa leacht atá air.

Cuma ghránna ar fhallaí duairce an tseomra ina bhfuil siad. Iad liathdhonn agus an chosúlacht orthu gurb é atá smeartha orthu ná meascán de ghraffiti agus d'fhuil stálaithe. An tríú Brádach go dlúsúil ag cur barr slachta ar sceanach an dara leiceann.

"Seo, seo, an tuirnicéad go beo," arsa an Brádach Mór, agus mionbhrú á dhéanamh aige ar an sceanadóir.

"Bhuel, buinneach air," arsa fear na scine, agus deifríonn sé chun an sileadh fola a chuimilt, áit ar sciorr sé nuair a bhrúigh an Brádach Mór é.

"A Chríost, shílfeá gurbh é an fuckin' Mona Lisa a bhí á shaothrú agat," arsa an tríú Brádach.

"Dúnaigí beirt," arsa an Brádach Mór, agus cuireann sin ina dtost bonn láithreach iad. "An tuirnicéad," ar sé arís leis an sceanadóir. "Cuir ar an lámh chlé an babhta seo é," agus déanann an fear eile mar a deirtear leis.

"Steallaire," arsa an Brádach Mór, an deasóg á hardú aige mar a dhéanfadh máinlia san obrádlann. Agus cuireann fear na spúnóige an steallaire i lámh a dhearthár ar an bpointe.

"Cén chuma atá ar an leacht anois?"

"Togha. Togha go deo — tá sí ar fiuchadh."

"Ó, a bhitseach! Sín chugam láithreach é." Agus síneann.

Bior na snáthaide á thumadh sa leacht anois ag an mBrádach Mór nó nach bhfeictear an tsúil a thuilleadh agus ansin, go mall réidh cothrom, tarraingíonn sé an loine siar agus líontar bolg an steallaire. Loinnir órga ar an leacht istigh. Ardaíonn sé an steallaire i dtreo an tsolais, íslíonn arís agus cromann ar aghaidh i dtreo Eoin. Mearbhall na hanaithne ar Eoin — é allas-fhiabhrasach callóideach anois faoi thionchar an Skag, ach é dlúthcheangailte i gcónaí leis an leaba champa. Na súile ata uigeach i logaill a chinn 's gan an phráinn a airíonn sé ina chroí istigh le haithint orthu.

"Anois, a bhuachaill," arsa an Brádach Mór, "bhí fuil an draigin uait. Bíodh agat anois thar mar a bhí riamh cheana."

Agus leis sin, priocann an Brádach Mór féith ardaithe na ciotóige le bior na snáthaide agus seolann an leacht órga isteach i sruth fola an fhir óig.

Bolg an steallaire tráite anois agus caitheann an Brádach Mór uaidh é, suíonn siar in aghaidh an bhalla agus scairteann amach ag gáire. Gáire drochthuarach nach eol d'Eoin a dhath faoi. Agus pléascann an bheirt Bhrádach eile amach ag gáire leis.

"Caith chugam ceann de na cannaí Carlsberg sin, a bhuachaill," arsa an Brádach Mór le duine dá dheartháireacha, agus déantar amhlaidh. Cromann sé ar aghaidh chun breith ar an gcanna nuair a chaitear chuige é, tarraingíonn an fáinne le é a oscailt agus spréitear sruth geal beorach as. Ar éadan Eoin a thiteann sé go príomha, é á mheascadh féin le deirge chrústa na fola agus á chur air drithliú síos i dtreo an mhuiníl.

"Na spreasáin bhochta seo a roghnaíonn drugaí seachas seo," arsa an Brádach Mór, agus an canna Carlsberg á ardú aige. Ansin a thuilleadh gáire uaidh agus an bheirt deartháir ag cur leis arís eile.

* * *

É tamaillín roimh a sé ar maidin nuair a dhúisítear Eithne ag scréachaíl cairr lasmuigh. Í díreach ag déanamh céille den torann atá cloiste aici nuair a chloiseann sí fuaim tuairte in aghaidh dhoras an tí. A Thiarcais, céard é sin? Éiríonn sí láithreach, caitheann spléachadh fuadrach isteach i seomra codlata Shinéid agus deifríonn síos an staighre. Doras an tseomra suí ar leathadh agus Mait le feiceáil ina chodladh go sámh ar an tolg. Cathú uirthi é a dhúiseacht, ach cinneann sí ar gan sin a dhéanamh — tá sé ann, más gá.

Druideann Eithne le doras tosaigh an tí, ardaíonn a lámh agus osclaíonn. Burla toirtiúil i mála mór saicéadaigh in aghaidh bhun an dorais a bhaineann siar aisti. A croí ag rásaíocht ina cliabhrach agus gan de chuimhne ina hintinn ach an oíche eile úd a fuair sí Eoin ina phleist ag doras an tí. Nár lige Dia gurb ea arís, ach le nádúr — nádúr máthar — tuigeann sí gurb é Eoin atá ann. Cuimhníonn sí arís ar Mhait a dhúiseacht ach, ar fáth éigin — riachtanas éigin atá uirthi — beartaíonn sí arís eile gan sin a dhéanamh. Cromann sí agus scaoileann an téad ag barr an mhála. Meall gruaige a fheiceann sí ar dtús, ansin titeann cloigeann a haon mhic féin amach agus buaileann in aghaidh chéim stroighne na tairsí.

"A Mhait!"

18

Lá na sochraide. An tAifreann thart agus iad anois os cionn na huaighe. Gach aon duine díobh bailithe os cionn an phoill dhuibh dhorcha seo ina gcuirfear Eoin agus, ina dhiaidh sin riamh arís, ní fheicfear é. An sagart óg — feidhmí na hócáide — ag caint leis an adhlacóir cois uaighe. An chuma orthu beirt go bhfuil greann éigin sa chomhrá atá acu. Ansin briseann gáire orthu agus bogann siad amach óna chéile. Cuma shollúnta ar an sagart athuair ar feadh soicind nó dhó, ach é anois gafa le tochas éigin ar cholpa na coise. É ag breathnú thart orthu siúd atá i láthair. An tsollúntacht ag casadh ina mífhoighne anois. Breathnaíonn sé siar agus feiceann straigléirí na hócáide ag déanamh ar an láthair. Mionchasacht, spléachadh ar an uaireadóir, ansin "In ainm an Athar agus an Mhic agus an Spioraid Naoimh …"

Gearrann Eithne Comhartha na Croise uirthi féin ach, ina dhiaidh sin, tá a hintinn ar fán. Gan aird ar bith á tabhairt aici ar a bhfuil ar siúl. Ní hé nach dteastaíonn uaithi a bheith páirteach agus lánpháirteach in imeacht seo a mic. Imeacht a mic. Ar bhealach, airíonn sí go raibh a fhios aici an chéad lá úd a dtáinig sí ar na giuirléidí gránna gruibearlacha faoin leaba gur mar seo a bheadh ar deireadh. É sa chinniúint aige gurb amhlaidh a bheadh, is dóigh léi anois. Go fiú, b'fhéidir, dá mba spéis le Breandán féin aghaidh a thabhairt ar ar an bhfadhb, beag seans go n-athródh sin tada. Airíonn sí Sinéad lena taobh cois na huaighe agus í ag teannadh isteach léi. Mait ansin chomh maith agus lámh aige le droim Eithne mar thaca léi. Í leochaileach sceiteach dobhránta. Fad seachtaine imithe, nach mór, ón am a fógraíodh an gá le corpdhíoscadh go dtí an cur san uaigh féin. B'fhada ag Eithne é an fanacht sin sula gcuirfí é, rud a fhágann leamh ag an bpointe seo í. Agus a fhios aici ar feadh an ama nach deireadh é gníomh an lae inniu, ach tús. Tús na cuimhne, tús an anró, tús na péine. Ach bheadh Sinéad mar thaca aici. Agus Mait.

Breandán ar an taobh eile den uaigh agus Amy lena thaobh. Dathúlacht Amy a théann i gcion uirthi nuair a bhreathnaíonn Eithne sall — é sin d'ainneoin í a bheith trom torach ag an bpointe seo. An chuma uirthi go bhfuil sí i bhfad Éireann níos óige ná Breandán. Agus, ar ndóigh, tá. Agus Breandán féin — é anróiteach gruama briste, a shúile dírithe ar dhuibhe an phoill aige agus a fhios ag Eithne, d'ainneoin a rinneadh nó nach ndearnadh, go bhfuil pian an bháis á dhó go smior. Seans gur mó é pian Bhreandáin ná a pian féin, go fiú, a shíleann Eithne. Cá bhfios!

Aithne Eithne isteach is amach anois is arís ar fhocail an tsagairt. Na paidreacha á gcur de aige ar bhealach seanchleachtaithe, cé gur fear óg é an sagart céanna. Seans nach bhfuil sé mórán níos mó ná deich mbliana níos sine ná Eoin. É triocha ar a mhéid, a shíleann Eithne. Ní fhaca Eoin an triocha ná an scór féin, go fiú. Ní fhaca, ní fheiceann, ní fheicfidh — é uile ina mhearbhall in intinn na máthar truamhéalaí. Cíoradh agus ceistiúchán roimpi sna blianta amach anseo. Ar feadh a saoil, dáiríre. Dá ndéanfadh sí seo nó siúd, an mbeadh cúrsaí difriúil ar bhealach éigin? Céard faoi dá mbeadh sí níos airdeallaí an chéad lá riamh? Arbh fhearr seo nó siúd nó eile? Agus ina dhiaidh sin agus uile gheobhadh sí amach nach mbeadh de fhreagra ar aon cheist díobh ach ceist eile fós, 's gan aon fhreagra sásúil riamh i ndán don bhean bhocht.

An sagart ina sheasamh os a comhair anois, a dheasóg i ngreim ina deasóg féin agus greim uillinne aige uirthi lena chiotóg. Soicind nó dhó mar sin dóibh sula roptar Eithne as domhan na cuimhne.

"Go dtuga Dia misneach duit, a Eithne," ar sé, agus sollúntacht ina ghlór ar mó a mbeadh súil agat leis i nglór sagairt a bheadh níos sine ná é. "Beidh mé ag guí ar do shon agus ar son na clainne."

Eithne ag smeacharnach ina láthair. Gan aicise ach croitheadh cinn leis agus fáisceann sí Sinéad chuici lena ciotóg. Lámh Mhait ar a droim i gcónaí ag tabhairt tacaíochta di. Leagann an sagart leathlámh ar chloigeann Shinéid, deir rud éigin — paidir, b'fhéidir — nach gcloistear i gceart ag éinne eile ach é féin, agus bogann leis arís sall i dtreo Bhreandáin agus Amy. Ansin tagann a bhfuil i láthair chuig Eithne ina nduine 's ina nduine. Í gan bhrí gan mhothú os a gcomhair. Ní fheiceann sí ach cótaí — liath, donn, dúghorm, bán — agus réimse eile dathanna. Aisteach gurb in is mó a théann i gcion uirthi seachas aghaidheanna nó focail. Is aisti fós é, cé nach eol d'Eithne ag an bpointe seo é, gurb é sin an ghné den lá seo a thabharfaidh sí chun cuimhne thar mhórán eile sna blianta amach anseo. É sin agus lámha.

Lámh eile fós ina láimh sin anois agus, ar fáth éigin, tugann teagmháil na láimhe seo chun lánaithne í. Boige éigin inti mar lámh.

"Ní maith liom do bhris, a Bhean Uí Fhloinn. Is mise Carole. Ba chara mé le hEoin."

Breathnaíonn Eithne ar éadan na mná óige. Is cuimhin

léi í sa teach tábhairne lá sin na cúirte. Séimhe ina héadan úr agus loinnir na hóige — an loinnir céanna a bhíodh in éadan Eoin tráth. Eithne, ar bhealach, in éad leis an mbean óg seo a mbíodh teagmháil rialta le hEoin aici le tamall maith anuas thar mar a bhíodh aici féin. Ach ní hé an t-éad is mó a airíonn sí ina taobh ach cion de chineál éigin. Is ait léi sin mar mhothúchán agus gan d'aithne aici uirthi ach an teagmháil imeallach úd a bhí aici léi an lá sin sa teach tábhairne. Dúnann Eithne an dara lámh ar dheasóg na mná óige agus fáisceann. Agus éiríonn na deora go hard i súile na máthar.

"Carole," ar sí. "Carole." Agus, leis sin, tá Carole imithe agus duine eile ina háit.

Éagsúlacht na lámh a chroitheann a lámh féin ag dul i gcion anois ar Eithne ach iarsma de bhoige lámh Charole ann i gcónaí. An bhoige sin! É dian ar Eithne a cheapadh go bhfuil lámha de chineál eile ann — lámha arb é an gníomh comhbhróin is mó a dhéanfaidh siad riamh, b'fhéidir, ná sceanach fealltach a dhéanamh ar éadan duine éigin.

An Brádach Mór ar chúl an tslua. Is leor mar bhuille maslach é go bhfuil sé i láthair ag an tsochraid, go fiú. Is fearr nach eol d'Eithne tada faoi é a bheith ann ar chor ar bith. Agus, buíochas le Dia go mbíonn sé de chiall aige gan teacht ar aghaidh chun a chomhbhrón a chur in iúl. Teacht chun lámh a chroitheadh le hEithne bhocht. Ní chuirfear le pian na gcuimhní lena bhfuil sí gafa.

Féach thall le haghaidh *Hooked* / *See over for English edition of* Gafa →

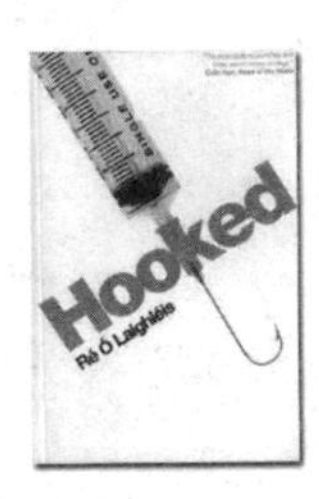

Available from MÓINÍN at www.moinin.ie
or by phone (065)7077256

The English edition of *Gafa*

Hooked
by
Ré Ó Laighléis

ISBN: 978-0-9554079-3-2 Price €12.50

Ó Laighléis' highly acclaimed novel tells the horrific and gruelling tale of teenager Alan's slide into the world of drug addiction and his involvement with its murky and danger-filled underworld. Equally important, *Hooked* also relates the parents' story: Sandra's world is thrown into turmoil, first by the realisation that her 17-year-old son is in the throes of heroin addiction and then by the discovery of her husband's infidelity. There are no ribbons wrapped around the story here - it is hard, factual and written with sensitivity and skill.

"It is a riveting story based on every parent's nightmare."
Lorna Siggins, *The Irish Times*

"Ó Laighléis deftly favours creating a dark side of urban life over sledge-hammering the reader with 'Just Say No' messages; the horrors of heroin addiction are revealed within the story itself and, thankfully, the author avoids any preachy commentary."
'Educationmatters', *Ireland on Sunday*

"Hooked inhabits the world of well-off middle-class Dublin ... with all its urban angst, moral decay, drug addiction, loneliness and teen attitudes and problems." **Patrick Brennan, *Irish Independent***

"Ré Ó Laighléis speaks the language of those for whom Hooked *will strike a familiar chord. If it makes people stop and think - as it undoubtedly will - it will have achieved more than all the anti-drug promotional campaigns we could ever begin to create."* **News Focus, *The Mayo News***

"Ó Laighléis deftly walks that path between the fields of teenage and adult literature, resulting in a book that will have wide appeal for both young and older readers." **Paddy Kehoe, *RTÉ Guide***

"The book pulls no punches and there are no happy endings."
Colin Kerr, *News of the World*

"His raw and concise writing style peels the layers from a shadowy topic and makes it accessible for both teenagers and their parents."
Samantha Novick, *Limerick Leader Weekender*

Available from MÓINÍN at www.moinin.ie
or by phone (065)7077256
The English edition of *Ecstasy agus scéalta eile*

Ecstasy & other stories
by
Ré Ó Laighléis

ISBN 0-9532777-5-5 Price €10.00

Widely translated and winner of a Bisto Book of the Year award, a North American NAMLLA award, a European White Ravens award and an Oireachtas literary award.

This acclaimed collection looks at the rise, the fall and the versatility of the human spirit, touching, as it does, on almost every aspect of human trial and existence. Though unflinchingly hard-hitting, it is utterly compelling and written with great insight and sensitivity. Ó Laighléis' greatest gift is that he is a masterful storyteller.

"Ó Laighléis is not one for the soft option. He deals unflinchingly with major social issues that affect all our lives and deals with them with profound insight and intelligence ... It is Ó Laighléis' creative imagination that gives the collection its undeniable power. The economy of his prose allows for no authorial moralising."

Books Ireland

"This combination of style and tone provides a maturity which rarely characterises writing targeted mainly at a teenage readership ... It deserves the widest possible audience."

Robert Dunbar, *The Irish Times*

"Ecstasy and other stories *is brilliantly written and an eye opener for us all as to what could happen if life takes that one wrong turn. Ré Ó Laighléis is a master of his craft."*

Geraldine Molloy, *The Big Issues*

"Ecstasy *is evocative of the filmography of Ken Loach, and its minimalistic story telling, with its sparse and essential style, constitutes an extraordinarily expressive force."*

Mondadori, Milan, Italy (publishers)

"The short stories of Ecstasy *... take us, in the Irish context, into new thematic territories and, more importantly, pay their characters (and, by extension, their readers) the compliment of allowing them to live with the consequences of their own choices: complex circumstances are always seen to defy easy outcomes."*

Books, *The Irish Times Weekend Supplement*

AR FÁIL TRÍ'N bPOST Ó MhÓINÍN

GOIMH AGUS SCÉALTA EILE

le

Ré Ó Laighléis

An ciníochas in Éirinn agus go hidirnáisiúnta is cúlbhrat do na scéalta sainiúla seo. Idir shamhlaíocht agus chruthaitheachas den scoth á sníomh go máistriúil ag Ré Ó Laighléis i gcur an chnuasaigh íolbhristigh seo inár láthair. Ní hann don déagóir ná don léitheoir fásta nach rachaidh idir thábhacht agus chumhacht agus chomhaimsearachas na scéalta i gcion go mór éifeachtach air. An dul go croí na ceiste ar bhealach stóinsithe fírinneach cumasach is saintréith den chnuasach ceannródaíoch seo.

"Éiríonn leis an údar dúshlán na léitheoirí a thabhairt ar bhealach ríspéisiúil maidir lena ndearcadh ar an gciníochas ... Fáiltím go mór roimh an saothar seo toisc go ndíríonn sé ar aoisghrúpa [déagóirí] *a chruthóidh dearcadh shochaí na tíre seo i leith an chiníochais amach anseo. Éiríonn leis an údar paraiméadair na tuisceana i dtaobh an chiníochais a bhrú amach."*

Seosamh Mac Donncha, Cathaoirleach,
An Clár Náisiúnta Feasachta um Fhrith-Chiníochas

"Snastacht, foirfeacht, máistriúlacht ó thús deireadh."

Austin Vaughan,
Leabharlannaí an Chontae, Co. Mhaigh Eo

"Ní heol dom leabhar níos feiliúnaí ná níos cumasaí ar an ábhar a bheith ar fáil don déagóir – Gaeilge nó Béarla – ná 'Goimh agus scéalta eile'. *Ábhar iontach comhaimseartha, a bheadh thar a bheith feiliúnach do na meánscoileanna idir Theastas Sóisearach agus Idirbhliain agus Ardteist."*

Niall Ó Murchadha,
Iar-Uachtarán Ghaelscoileanna